Ina Müller wurde 1965 in Köhlen (Landkreis Cuxaven) als vierte von fünf Bauerntöchtern geboren. Muttersprachlich Plattdeutsch aufgewachsen, erlernte sie ihre erste Fremdsprache (Hochdeutsch) im Alter von sechs Jahren, der Einschulung sei Dank.
Nach ihrer Ausbildung zur Pharmazeutisch-Technischen-Assistentin (PTA) lebt und arbeitet sie in Bremen, auf Sylt und in Hamburg, bevor sie dort 1996 den Kittel an den Nagel hängt und bis 2005 als eine Hälfte des Musikkabaretts ›QueenBee‹ durch Deutschland tourt.
Ina Müller lebt in Hamburg und in München, schreibt und liest seit 2000 plattdeutsche Geschichten für die NDR-Sendereihe ›Hör mal 'n beten to‹, ist immer mal im NDR Fernsehen zu Gast, geht auf Lesereisen und gastiert mit einer plattdeutschen Leseshow mit Musik in Norddeutschland.
2001 wurde ihr der ›Niederdeutsche Literaturpreis‹ der Stadt Kappeln verliehen. Ihre Geschichten liegen in mehreren Büchern und Hörbüchern vor.

Ina Müller

Platt is nich uncool.

Quickborn-Verlag

Die plattdeutsche Schreibweise
ist unverändert von der Autorin übernommen worden.

19. Auflage 2008

ISBN 978-3-87651-248-8

Fotos auf dem Umschlag: Martin Pölcher
Bearbeitung der Fotos: Hermann Koepf
Gesamtherstellung: CPI – Clausen & Bosse, Leck
Der Umwelt zuliebe
auf chlorfrei gebleichtem Papier gedruckt
Printed in Germany

Inhalt

Platt is nich uncool. 7
De Buurnhoff 9
Mien Hobbys sünd: 12
Regionolet Eten! 14
Piercings! 16
De niege Plattenspeler 18
De Liebe op Sylt! 20
De Diätenwahn! 23
Dat Elend mit de amerikoonschen Wissenschaftlers 25
Schöön inköpen 27
Wiehnachten 30
De Erotik vun Fruuns in %! 32
Körper un Geist 34
Hypochondrie 36
Promis un Ehe 38
Männe 40
De minschliche Balzgesang 42
Männe in de Köök 44
Emanzipatschoon 46
Natüürliche Männe! 48
Klischees över Klischees 50

Nur Äusserlichkeiten 52
Postivet över Männe 54
Penisneid 56
Hanntaschen för Männe 58
Eifesucht 60
Grillen 62
Balkon mit Aussenschalusie 64
Skispringen 66
Keen Tiet to'n Kinnerkriegen 68
Heiroden 70
De ›Albtraum‹ bit't Flegen 72
Karneval 74
De Bohn is pleite 76
Berlin! 79
Multikulti 81
Frühlingsgefühle 84
Allns Logen! 86
Fruunslüüd bi de Bundeswehr 88
Jümmer mehr Geheemtohlen! 90

Platt is nich uncool.

Fröher weer mi dat Plattdüütschschnacken jo richtich pienlich! Wenn ik dor so an dink, as ik no School keem, dor kunn ik noch nichmol richtich Hoochdüütsch. Dat keem denn eerst so no un no!
Wi worrn sogor noch opdeelt in de Klasse in de Hohen un de Platten. Ik müss al Hoochdüütsch schrieven, as ik dat noch nichmol richtich schnakken kunn.
Un in de Pubertät, dor worr Plattschnacken eerst so richtich uncool! ... Over sowat vun uncool! Nich genoog, dat en vun Buuernhoff keem, nu müss dat ok noch jeedeen höörn!
Wat heff ik mi schoomt, wenn ik mit Mama dör de Stadt bün un se schnackt platt mit mi. Nich ’n beten wat sinnig, ode dat se flüstern dä – nee – se schnack ganz normol luut, dat dat ok blots jeedeen mitkreeg! »Kiek mol Ina – magst dat lieden« ... quer dör dat Koophuus! Ode wenn denn op de anner Strotensiet en leep den se kennen dä – en ut’ Dörp – un se bölken sik op platt quer över de Stroot an – ik wull in’ne Grund versinken.

Lustig worr Platt jo denn eerst, as de Pubertät vörbi weer. As mien eersten Fründ bi uns to Huus mit an'n Disch seet! ... To'n Eten. Jümmer müss ik em anstöten, wenn Oma em wat frogen dä: »Du ... magst du noch 'n poor Klüten?« keen Antwoort! »Ina, mag he noch 'n poor Klüten?« »Oma, dat weet ik doch nich ...« un Oma sä denn: »denn froog em doch!«
Ode wenn Oma em frogen dä: »Na Jung, wat mook de Komiss?« ... dor hett he denn jümmers 'n beten koomisch keken.
Over so richtich bruken kunn ik dat Platt eegentlich eerst, as ik mit mien Swestern in de Disco weer! Sinnich schnacken gung dor jo nich, dor weer de Musik to luut. Over luut op Platt schnakken, so dat di nüms versteiht, dor mookt dat Aflästern so richtich Spooß.
Dat güng denn so: »Du, mütt 'n mit so 'n Moors nu noch so 'n Büx anteihn?« Ode »Kiek mol dor, de süht op 'n Kopp over ok ut as Grete Weiser ünnern Arm«.
Un weet ji wat dat schöönste is?
Wenn mien Frünnen vendoog höört, dat ik platt schnacken do, denn seggt se jümmer all »Ey – is das Plattdeutsch – das is ja cool!«

De Buurnhoff

Born un opwussen bün ik op'n Land! Dor wo dat Land so platt as 'n Pannkoken is! Wo de Lüüd noch 'n ›unverkrampftes Verhältnis zu natürlichen Ausscheidungen‹ hebbt … op 'n Buurnhoff.

Dat is nu al 'n ganze Tiet her. Vun BSE wüssen wi dor noch nix vun af un de ›Landwirtschaftsministers‹ weern domols ok noch wat dicker as vendoog. Domols kunn een ok noch richtich över de Wischen kieken – kilometerwiet. Vendoog geiht dat doch meist nich mehr … dor is en doch meisttiets de Blick versperrt dör düsse groten Siloründballen, de dor op de Wischen rümliegt … as of de en verloren hett. Un dat dickste Ei is, dat de ok noch in witte Plastikfolie verpackt sünd. Wokeen is dor blots op komen? Witte Plastikfolien? Woso nich grööne? Ode mit ›Tarnfarbenmuster‹, ode wat mit Blomen? Dor kannst' twors ok nich beter dörkieken, over dat süht doch allemol beter ut as witt. Un de Buurn mööt doch keen Angs hebben, dat se de Dinger nich wedderfind, blots wiel se gröön sünd! De sünd doch dreemol so groot as de

Reifens vun ehre niegen, huushogen, överbreden Treckers.
Dat is ok so 'n Ding. Düsse niegen Treckers. De sünd so luut, dat de Buur dat sülvst op'n Trecker ohn Ohrstöpsels gor nich uthöllt. Wenn de Dinger so an mi vörbijoogt, denn much ik mi meist in 'n neegsten Strotengroven schmieten ... 'n F 16 in 'n Deepflug is gor nix dorgegen.
Over ik wull jo vun mien Kinnertiet vertellen. Vun domols, as de Öllern noch meent hebbt, se bruukt ehr Kinner nich opklärn ... de schulln sik dat man allns bi de Tiern in de Natuur afkieken. Blots dat güng gor nich. Wenn bi uns op'n Hoff 'n Koh bullen dä, denn müssen wi Kinner jümmer los un 'n Zeddel bi Heini Brüns in Kasten schmieten un an 'n neegsten Dag keem de ›Besamungstechniker‹: Unkel Kikowitsch.
Unkel Kikowitsch weer Tscheche. Un de keem jümmer op de Deel roplopen, trock de groten rosaroden Plastikhannschen an un reep jümmer ganz luut mit sien' tschechischen Akzent: »Hat sie schonn gebrillt, hat sie schonn gebrillt?«
Un bit ik 14 weer heff ik dacht, dat all de lütten Kinner op de Welt vun Unkel Kikowitsch koomt. Ik heff nich an den Klapperstorch glöövt, blots an den ›Besamungstechniker‹. Un dat Blöde weer, jümmer wenn ik mi wedder 'n ›kleines Brüderchen‹ wünscht heff, bün ik los un heff 'n Zeddel bi Heini Brüns in 'n Kasten schmeten. Un dat

hett natüürlich ok nich richtich funkschioneert. Dor sünd man blots ›4 Schwesterchen‹ bi rut komen.

Ach jo, so weer dat domols, bi uns achtern Moond.

Mien Hobbys sünd:

Wenn mi en froogt, wat mien Hobbys sünd, denn krieg ik jümmer 'n roden Kopp. Wiel mi nix infallt, all nix, wat Indruck mookt!
Dat weer over al jümmer so! Blots vendoog belast' mi dat gor nich mehr!
Over in de Pubertät, wo du wegen jeedeen Quatsch al 'n roden Kopp kriggst un wo jeede tweete no dien Hobbys froogt, dor hett mi dat richtich ferdich mookt!
Ik weet dat noch, dat ik eenmol in mien Leven vun 10-Meter-Turm sprungen bün un dat ik denn seggt heff: »Mein Hobby ist Turmspringen!« Un – zack – harr ik 'n roden Kopp. Wiel ik logen harr!
Un natüürlich froog denn en ok mol no, of ik denn 'n ›Hechter‹ ode 'n ›Oxford‹ ode 'n ›Havanna‹ springen kunn. Un wiel ik nu blots ›Arschbombe‹ kennen dä, wat ik natüürlich nich luut seggt heff, weern mien Hobbys vun nu an over ok ganz gau ›reiten-schwimmen-lesen‹!
›reiten-schwimmen-lesen‹ seggt se domols all un ik wüss, se kunn' all so goot ode so slecht ›reiten-schwimmen-lesen‹ as ik!

Over wat schull ik denn ok seggen? … »mein Hobby ist Kühe melken!« Dat weer doch dat, wat ik domols würklich jeedeen Dag doon heff un dor wüss ik Bescheed! Ik wüss, woans en bi de Koh den Schwanz dreihen müss, dat se nich haut wenn se molken warrt, un wo en dat Euter schüern müss, dat de Melk dor beter ruutkeem. Över't Melken harr ik stünnlang vertellen kunnt! So as annere över't Segelflegen ode Surfen. Ik kunn sogor ›Melkwitze‹ vertellen: »Party op'n Buurnhoff. Dat weer een lange Nacht ween. De Blondine wookt op, mit ehrn Kopp leeg se ünner'n Euter un se seggt: Oh, Jungs, over een vun ju bringt mi noher no Huus!«

Vendoog, wenn mi en froogt, wat mien Hobbys sünd, denn segg ik eenfach de Wohrheit. Mien Hobbys sünd ›schmöken‹ un ›schoh-anprobeern‹! Dat sünd Talente, de heff ik arft. Dat ›Schmöken‹ heff ik vun mien Papa un dat ›Schoh-Anprobeern‹ heff ik vun mien Mama.

Ik kann an Schohlodens nich vörbi. Ik mütt dor rin. Un wenn ik nich Schohgrötte 38 harr, denn wörrn bi mi to Huus woll 100 Poor Schoh stohn. Over so, mit 38, kann mi dat gor nich passeern! 38 is jümmer al weg! Wiel se all 38 hebbt. Un wenn 38 denn doch mol dor is, denn desterwegen, wiel de so groot utfallt, dat ik 37 bruuk, over denn is 37 nich mehr dor. »Nur das, was da steht!« Ik kann't nich mehr höörn!

Regionolet Eten!

Ik leev jo nu al siet twee Johr in München! Un mi gefallt dat dor richtich goot. Dat mag dor an liggen, dat de Bayern un de Noorddüütschen beide so – na, seggt wi mol – Natuurvölker sünd. Dat fallt mi jümmer wedder op, wenn ik so sehg, wat de Bayern eten doot. Ik meen, vun de Natuurvölker weet en jo, dat de meist allns wat so 'n Tier hergifft ok verwerten doot. Dor warrt genau oppasst, dat blots keen Stück Darm, nichmol de Blinddarm, den ›natürlichen Nahrungskreislauf‹ verloten deit.

Nich dat ik dat vun to Huus nich kennen do. Bi uns op'n Buurnhoff, wenn dor 'n Swien slacht worr, dat weer 'n Fest. Wat harrn wi as Kinner för 'n Spooß, wenn de Slachter opletzt den Steert vun dat dode Swien afsnieden dä un wi kunnen Oma den Steert bi 't Wustmoken achtern an de Schört binnen. Un denn geev dat doogelang Swattsuur, dat is düsse Blootsupp, de mit Mehl so 'n beten andickt warrt, mit örnich Speck dorbinnen un Puikens. Un ut den Rest dorvun worr denn Gört mookt. Gört weer: Allns nehmen wat noch rüm-

leeg un gau dör de Wustmaschien dreihn. Ik heff dat jümmer noch in de Ohrn: »Erika, wo kümmt dat hin?« »Och, Sine, dat schmiet man mit in'ne Gört!« Un in de Gört, dor is an 't Enn denn woll ok jümmer de Swienssteert mit rinkomen, wenn Oma den an ehr Schört wies worrn weer, un em – zack – noch gau mit dördreihn dä.
Ik glööv, Gört, Swattsuur un Bregen, dat itt vendoog in Noorddüütschland meist keen Minsch mehr – to'n Glück.
Blots hier in Bayern, dor is so 'n Eten jümmer noch normool. Hier nöömt se dat sogoor ›Schmankerlküche‹. Hier findst du op jeede Spieskoort ›Saures Lüngerl‹, ›Knöcherlsülze‹ un ›Hirnsuppe‹. Blots annerdoogs, as ik hier in en Weerthuus seet un as ›Tagesgericht‹ geev dat ›gebackenes, warmes Euter‹, dor kreeg ik op eenmol so Wehdoog in de Kneen. Worüm in den Kneen froogt ji nu? Wiel sik mien Tohnnogels vör Ekel bit no de Kneen hoochrullen dään. Ik kunn man jüst noch mien Hanntasch vör de Böst drücken un af vun Hoff!

Piercings!

Fröher weer dat jo so wenn ’n Mann tätowiert weer, denn wüss en jümmer ›ach, dat is ’n Seeman‹. De harr denn ’n groten bunten Anker op sien Arm, ode ’n noch gröttere bunte nokte Fruu, ode mannigmol ok beides.
Vendoog mutt dat desterwegen keen Seemann mehr ween.
Vendoog is dat ›in‹. Un dat al siet ’n poor Johr.
Un nich blots dat Tätowieren! All möögliche Metalldinger loot se sik dör all möögliche Organe jogen … dör Näsen-Lippen-Tungen un Buuknovels.
Nu in ’n Sommer kannst’ dat jo ganz goot wedder sehn.
Annerdoogs leeg en in de Sünn, de harr dor groot ›Isabella‹ op sien Arm stohn. Naja, dink ik, dat is denn woll Isabella, de dor neven em liggt un em den Kopp krault. Bit he ehr luut achterno röppt: »Gaby, bringst Du mir ’ne Cola mit?« Aha, dink ik, Gaby!
Un ik froog mi, wo Isabella woll rümliggt un wat de woll op ehrn Arm stohn hett? Klausi forever?

Gaby weer nu nich tätowiert. Gaby harr 'n Buuknovel-Piercing, dat kunnst over gor nich sehn, wenn Gaby stohn dä. Dor weer eenfach to veel Buuk un to wenig Novel för so 'n lüttjet Piercing.
Un wiel ik, wat Mode angeiht, eegentlich jeedeen Blöödsinn mitmook, froog ik mi, woso ik Tätowieren un Piercings woll so doof find. Villicht heff ik dor eenfach 'n annert ästethischet Föhlen.
Un ik weet, dat wenn wat ›in‹ is, dat dat denn ok bald wedder ›out‹ is. Un wenn so 'n Piercing denn wedder ›out‹ is, denn hest Du dor düsse dicken Löcker merrn in't Gesicht, ode in de Tung, ode sünstwo.
Un wenn ik mit en schnacken do, de so 'n Ring in de Nääs hett, denn kann ik den gor nich mehr in de Ogen kieken. Ik kiek man jümmers blots op düssen wackelnden, unapptitlichen Nääsring un froog mi, wo he dat woll mit sien ›Nasenhygiene‹ hinkriggt.
Ok mütt en doch dor an dinken, dat nich blots so 'n Tätowierung öller warrt, ok de Huut warrt jo öller. Wenn ik mi vörstell, ik harr mi nu so 'ne Roos op'n Moors tätowiert, un beides, de Roos un de Moors, warrt nu vun Johr to Johr schrumpeliger. Denn süht an 't Enn nich blots de Moors ut as so 'n Appel no Pingsten, nee, denn hest du dor ok noch 'n Roos op sitten, de utsüht, as harr se al den eersten Fröst afkregen.

De niege Plattenspeler

To mien' lesten Burtsdag heff ik 'n Plattenspeler kregen. Mien' olen is al lang kaputt, de hett sik kaputtstohn un dor heff ik em wegschmeten! Un 'n niegen heff ik gor nich bruukt, wiel Plattenhöörn jo al so lang so out weer!

Un nu kummt dat allns wedder ... de olen Hits, de se nu wedder nie produzeert. Un wenn ik so 'n niegen olen Hit in't Radio höör, denn bölk ik jeedeenmol ganz luut: ahhh, dat kinn ik, dat is al old ... dat heff ik fröher al op Platte hatt ...

Un denn heff ik de ganze Nacht seten un mi de olen ›Supertramp‹ un ›Barclay-James-Harvest‹ un ›The Sweet‹ un ›Susi Quattro‹ Schinken wedder anhöört ... dat hett mi richtich melancholisch mookt!

Un all de Kids vun vendoog dään mi op eens richtich leed, wiel se ni nich 'n Plattenspeler hatt hebbt. De kinnt blots CD's ... un Walkmänners. De weet ok gor nich, wo dat is mit 'n Fernseher mit blots dree Programme un ohn Fernbedeenung! Ode wokeen ›Mork vom Ork‹ weer un woso de jümmer »nannonanno« seggt hett. Un

»The day after«, dat is för jem ok woll mehr 'n Tostand as 'n Film. För jem weer Michael Jackson ok al jümmer witt in't Gesicht … un »Treets« ode »Raider der Pausensnack« kennt se ok nich mehr! Se hebbt sik ok ni nich Gedanken moken müsst, wokeen woll domols JR dootschoten hett … wenn se överhaupt noch weet, wokeen JR eegentlich ween is! Un se hebbt ok ni nich ›schlaflose Nächte‹ hatt, wiel se den »Weißen Hai« sehn hebbt … wat mi bit vendoog noch ganz ferdich mookt. Minsch, do heff ik 'n Trauma vun. Jeedeenmol, wenn ik bit to'n Hals in't Woter stoh, denn dink ik an de Titelmelodie vun'n »Weißen Hai« … dum-dum-dum-dum … un – zack – denn loop ik, so gau ik in't Woter lopen kann an't Land … un denn arger ik mi wedder 'n Knast … wiel nix so blööd utsüht, as 'n Fruu in 'n Bikini, de panisch versöcht, gau ut dat Woter rut to komen un dorbi over no vörn 'n Gesicht moken deit, as wenn nix los weer … also ünnen op de Flucht … un boven lachen! Op so 'n poor Soken vun domols … dor harr ik goot op verzichten kunnt … dum-dum-dum-dum …

De Liebe op Sylt!

Wenn en as Fruu op Sylt leven un arbeiden deit, denn verliebt en sik nich in Touristen! Dat geiht nich! Wenn en dor leevt, find' en Touristen doof! De mookt allns kaputt un freet den ganzen Dag soveel Fisch, dat se dat ohn ›Renni-Tabletten‹ gor nich uthoolt!

Ik weet dat, ik heff veele Johrn op Sylt leevt un in 'ne Aftheek arbeit … gegenöver vun ›Fisch Gosch‹! Köönt ji sik vörstellen, wat dat heet? Dor sünd den ganzen Dag Touristen in'ne Aftheek komen un jem hett de Fisch noch twüschen de Tään hungen un allns müssen se mit ehr Fischfingers anfoten un wenn se mi den vertellt hebbt, wat jem fehln dä, denn flogen dorbi ganze Matjesstücken op mien' Kittel.

Besünners schlimm weer dat bi schlecht Weder! Dor weer de Aftheek jümmer rappelvull! Dor kemen se sogor un hebbt no de Ozonwerte froogt! Wat wüss ik denn vun de Ozonwerte af? Naja, heff ik dacht, dat köönt ji hebben … un heff denn jümmer seggt ›140‹ … un denn weern se tofreden … 140 hebbt se goot funnen!

Un bi goot Weder, dor weer nüms to sehn! Dor hebbt se all in de Dünen legen un hebbt ›hemmungslosen Sex im Freien‹ hatt. Free no dat Motto: »De Sünn, de schient; de Muschi grient; dat Ding dat steiht; ik glööv dat geiht!« – Du ... un ›Sex im Freien‹, dat hööрт sik jo eerstmol gesünner an, as dat is! De ›Inkubationszeit‹ op Sylt duur genau twee Doog ... denn weern se all al wedder dor ... un holen sik bi mi ehre ›Partner-Kombipackung‹ ... Canesten, ode Fungizid ... un dat hett nu nix mit Pizza to doon ...!
Anners weer dat mit de Männe vun't Festland! Also de, de ik op Festland kennleern dä. Wenn en dor mol ünnerwegens weer un sik so 'n beten gohn leet un denn düssen ›verhängnisvollen Satz‹ seggen dä: »Du, komm mich doch mal auf der Insel besuchen!« ... denn heff ik dormit meent, miet di doch mol 'n Zimmer un wenn du denn dor büst, denn kann' sik jo mol op 'n Beer dropen.
Jo, blots denn kemen de würklich. Stünn vör de Döör, wulln in mien Wohnung ... un jümmer ohn Schloopsack! Un du weetst dat genau: Klock halvig twölf geiht de leste Autotuch trüch no't Festland ... un bit dorhin müsst du weten: blifft he ode mütt he wedder rop op den Tuch!
Dat mütt 'n sik mol vörstellen! So Fruuns op't Festland, de köönt dat de ganze Nacht entscheden, wi op Sylt man blots bit Klock halvig twölf! Un in 'n Schnitt kann ik seggen: vun dree Jungs

müssen twee wedder op'n Tuch. Un bi den drütten, dor müss ok al allerhand tohoop komen: de müss goot utsehn un over ok noch schnacken köön'.
Ik harr over domols oftins dat Geföhl, dat de Männe, op de en op Sylt eegentlich de ganze Tiet töövt hett, dat de förwiss jümmer no Baltrum föhrt sünd!

De Diätenwahn!

»Hasch mich, ich bin der Frühling« heet doch eegentlich: quäl di, nu müsst du wedder afspekken!
Arms un Been, Buuk un Moors ... allns harr ik över Winter so schöön inpackt un dat süht nu, wo ik dat wedder utpacken do, gor nich mehr sooo schöön ut!
Un dat warrt Johr för Johr wat schlimmer! As eerstet hool ik mi mol de Woog wedder rut. Ik heff so 'n ganz normole Woog, een wo en noch mit de Hand den Wieser op ünner Null stellen kann, nich so 'n unmanipulierboret digitalet Ding! Dat Ünner-Null-Stellen is nämlich ganz wichtich: ik treck jeedeen Morgen erstmol twee Kilo för mien T-Shirt un mien Ünnerbüx af ... un denn noch mol twee Kilo för ›Diverses‹. ›Diverses‹ heet: wenn ik den Ovend vörher veel eten heff, denn mütt ik dat jo den annern Morgen ok wedder aftrecken ... dat is jo man blots 'n ›durchlaufender Posten‹.
Dat heet, de Dag fangt mit minus veer Kilo an ... un denn goh ik ganz langsom op de Woog ... an 'n

besten eerst noch an wat fastholen un wenn ik richtich op de Woog stoh ganz sinnich losloten … un dorbi de Luft anholen … un denn ganz sinnich no ünnen kieken … süh, dat heff ik mi dacht!
Ik roop glieks in mien Fitness-Center an un mook dor wedder 'n ›Ein-Jahres-Vertrag‹. Dat mook ik jeedeen Fröhjohr so, ofschoonst ik genau weet, dat ik dor ni nich hin goh! Dorno goh ik op'n Böön un hool de olen Sommerklamotten vun't leste Johr wedder ut 'n Kuffer … un weet ji wat … de sünd all inlopen. Dat is ok ganz koomisch: wenn en Sommerklamotten 'n lange Tiet op'n Böön in'n Kuffer liggen hett – zack – loopt de in! Also allns rinn in Büdel un af in de Tünn!
Un denn los no'n Supermarkt. Dor stoh ik an't Köhlregool un pack allns in mien Wogen, wo sowat as ›Halbfett‹ ode ›Fettarm‹ opsteiht. Neven mi steiht 'n Mudder mit ehrn lütten Jung un se deit dat sülve as ik! De Jung nimmt 'n Packung H-Melk in de Hand un wiel he dat wull jüst lernt, fangt he langsom dat Lesen an: »Fett…ar…me« – denn knippt he sien Mudder in'n Arm un seggt: »Du Mama, du hast auch Fettarme, nech?«

Dat Elend mit de amerikoonschen Wissenschaftlers

Rin in de Kantüffeln – rut ut de Kantüffeln ... hin un her un hüh un hott! Vendoog seggt se so, morgen seggt se so un ik bün jümmer so blööd un glööv dat all. Wiel ik nich anners kann. Wiel de Berichte jümmer anfangt mit: »... nun haben amerikanische Wissenschaftler festgestellt, dass ...!«
Un denn krieg ik ganz groote Ohrn. Wiel de dat jo weten mööt, dink ik, dat sünd Wissenschaftlers! Jeedeen vertellt di, wat goot för di is ... un wat nu nich mehr goot för di is!
Ik meen, Spoort t.B.: as ›Squasch‹ in weer, dor fung ik an ›Squasch‹ to spelen – zack – heet dat – nee, blots keen ›Squasch‹, dor mookst du di de Knoken mit twei. Lever ›Joggen‹ – joggen is goot – un ik jogg un jogg. Un nu seggt se: Nee, blots nich joggen, dor mooktst du di de Kneen mit twei. ›Walken‹ is nu in. ›Walken‹ heet: ganz gau gohn in Joggingbüxen un wo blööd dat utsüht, dat kann ’n sik vörstellen!
Ode Rootwien ... wat hebbt se al schreven över Rootwien. Keen veel Rootwien drinkt, de kriggt ok keen Hartinfarkt! »Zwei Gläschen für die Ge-

fässchen« … vun wegen – seggt se vendoog – allns quatsch. Schnaps is Schnaps … un Schnaps mookt krank!
Jümmer gifft dat niege Studien över Schlopen! De een seggt: keen veel schlöppt, de warrt veel öller. De anner seggt: keen veel schlöppt, de warrt krank un depressiv. Un de drüdde seggt: keen veel schlöppt, de warrt twors krank un depressiv over dorbi ok ganz oolt!
Un Vitamine. Vitamin C – ganz wichtich – hebbt se seggt – ganz veel Vitamin C – un bumms – seten se all bi'n Dokter mit ehre Nierensteen.
Un wenn ik an all de Diäten denk, mit de se al veele Johrn de ›Frauenzeitschriften‹ vull kriegt. Jümmer wat Nieges. Eenmol seggt se: blots Ei eten! Denn heet dat: blots Obst eten! Denn seggt se: blots Nudeln eten, ode gor nix eten. Meddags as 'n Köönig eten un ovends as 'n Bettler! Nee, doch nich, lever fief mol an Dag eten … un wat seggt se nu? Nu seggt se: blots keen Diäten moken, wegen den Jojo-Effekt!
Wenn ik dat neegste Mol ›amerikanische Wissenschaftler‹ höör, denn stopp ik mi gau den Rest vun mien Vitamin C Pillen in de Ohrn un speel op mien Squaschschläger ganz luut Luftgitarre!

Schöön inköpen

Keen hett eegentlich erfunnen, dat en seggt: »Schöön inköpen«?
Ik meen, en kann sik 'n schönen Dag moken, ode en kann inköpen, over ›schöön inköpen‹, dat heff ik noch nie beleevt!
Vör 'n poor Doog weer dat wedder so wiet. Ik stoh vör mien Kleederschapp, un ...? Nix binnen! Also nix, wat en noch antrecken kunn. Over dat is bi Fruuns hormonell bedingt, ode dat liggt in 'ne Gene ... dat se so op'n Slag blind warrt, wenn se in ehr Kleederschapp kiekt!
Ik stoh mannigmol stünnenlang ohn mi to rögen un kiek in 't Schapp ... meistiets bit mien LAG, also mien ›Lebensabschnittsgefährte‹ rinkummt, mi in Arm nimmt un seggt: »Liebling, ik glööv, du bruukst partu wat Nieget to 'n Antrecken.« Un he hett Recht! Ik mütt los – inköpen – ›schöön inköpen‹! Man blots de Stress geiht al dormit los dat ik keen Parkplatz finnen do. Ik meen, dat mütt gor keen ›schöön Parkplatz‹ ween ... man so 'n lütt Lock to 'n Rinquetschen. Over dor is nix to finnen! Also stell ik mi mol wedder ›schöön in't Hal-

teverbot‹ un loop dör ’n Regen gau in’t eerste groote Koophuus! Ik quetsch mi dör de Minschenmassen un heff dat Geföhl, dat nich blots ik, nee, ok all de annern Fruuns ut düsse Stadt, blind för ehrn Kleederschapp stohn hebbt! Na, egool!

So as eerstet nu de Froog: wat för ’n Grötte? Noch 38 ode al 40 – dat is ganz wichtich för de ›Resttagsstimmung‹. Koom, Ina, positiv dinken ... ik glööv ganz fast an 38!

Ik finn ’n Capri-Büx, ’n grönen Rock un twee Pullovers ... un froog de Verköpersch: »Kann ich das ’mal anprobieren?« – »Ja, gerne, da drüben bitte!« un wiest op dree lange Slangen vör dree lüttje muffige Ümkledekabinen! »Bitte nur 3 Teile mit in die Kabine nehmen!« ... oh, dink ik, dat kannst du hebben. De Büx kann ik jo al mol in de Slang anprobeern. Ik harr ’n Rock an un as an ’n Strand mit ’n Hanndook trock ik nu de Büx ünnern Rock ... batz keem de Verköpersch anschoten: »das geht aber nicht, wenn das hier jeder machen würde, wo kämen wir da hin?«

»Naja«, segg ik, »bit to de Kneen!«

»Wie bitte?« froog se ...

»Nix!«, segg ik.

Ik harr de 38er Büx man blots bit to de Kneen hooch kregen ... de müss mindst 42 ween ... un 42 ... dormit wull ik mi den Dag nich noch kumplett versaun!

Also, dat ganze Tüüch wedder trüchhangen un nix as rut un af no Huus …! Blots denn is wat koomisches passeert. Ik stoh op de Stroot vör mien Parkplatz un kunn mien Auto nich sehn … ik weer woll blind. Blots düttmol weer de Blindheit nich ›hormonell bedingt‹ – nee, se harrn mien Auto afschleept – zack … »schöön' Dank«!

Wiehnachten

Eegentlich weer dat doch düt Johr an't Enn vun den August al so wiet! Ik leep noch plattbarft dör de Gegend un üm mien Been weih mi noch dat Sommerkleed, dor legen doch bi Aldi al de eersten Christstollen rüm.

Marzinpankantüffeln in August. Un ut de Luutsprekers höör ik Rudi Carells »wann wirds mal wieder richtig Sommer«. Un ik weer bang, dat mi glieks de Ruuch vun Punsch dör de Nääs trecken deit.

Fröher weer dat doch eegentlich jümmer so de eerste Advent. Vun den eersten Advent an güng dat doch los. Zack, hüngen de Lichterkeden, de eersten Dannentelgen rin in de Voos, Marzipan op den Disch un ferdich.

Ik glööv jo, dat geiht al allns so fröh los, wiel uns de Tiet twüschen Pingsten un Wiehnachten to lang warrt. Dor fehlt uns eegentlich noch so'n richtich groten Fierdag. So wat as Wiehnachten, over dat denn an't Enn vun den August, ode Anfang September.

Dor müss en eegentlich mol nokieken, of dor nich

fröher noch so een wichtigen Minschen born worrn is. Een, den wi eenfach blots översehn hebbt.
Keen weer eegentlich de ›heilige Strohsack‹? Ode de ›heilige Bimbam‹? Wi kennt all jehre Nooms, weet over gor nich wonehr de born sünd, wo de mit Vörnoom heet un wat de mookt hebbt. Villicht kunn' de ganz dulle Kunststücken, de Karl Strohsack ode Ernst Bimbam. Sünd doch jümmehin heilich.
Un düt ›sik gegensiedig besinnungslos schenken‹, dat wörr sik doch ok so'n beten relativieren, harrn wi man 'n poor Fierdoog mehr.
Lest Johr heff ik mi vun mien Fründ Dessous wünscht. Dat is wat persönlichet, heff ik dacht, un motzt de wat schwächelnde Libido wedder so'n beten op. Wi sünd denn ok tohoop los un dor is bi rutsuurt, dat he twee Stünn in de Video-Afdeelung steiht un ›Playstation 2‹ speelt, un ik em an't Enn mit teihn Poor grote, bequeme, kookfaste Boomwullschlüpfers in de Tüüt wedder dor afhoolt heff.
»Wies mol«, seggt he.
»Dor«, segg ik.
»Oh«, seggt he, »Segelmacherei Meyerdierks lässt grüssen, oder was?«

De Erotik vun Fruuns in %!

Annerdoogs heff ik leest, dat 'n Fruu 10 % vun ehr ›Erotische Ausstrahlung‹ verleert, wenn se sik sülvst in'ne Öffentlichkeit ehr Zigarett ansteken deit ... sik sülvst Füer gifft! Ik froog mi, keeneen sett sik dor nu hin, un schrifft so'n Mumpitz op? Mit wat för'n Maschin meet de woll nu de ›Erotische Ausstrahlung‹ vun Fruuns in %?

Ik heff dorüm sülvst mol 'n poor Männe froogt, wat de an Fruuns woll so ›unerotisch‹ finn' dot ... un de Antworten weern so verscheden as de Männe sülvst.

De een seggt »wenn 'n Fruu anfangt un över Horoskope schnackt« ... jo, dat sehg ik in ... ik meen, dat geiht mi ok so ... wenn mi 'n Mann as eerstes froogt, wat ik woll för'n Steernteken bün, denn is de för mi al so unerotisch' as 'n Stück Swattbroot.

De anner seggt »wenn so'n Fruu för dull in't Gesicht schminkt is« ... dat kann ik ok verstohn ... wenn so'n Mann toveel Schminke in't Gesicht hett, denn will ik vun den nix weten ... de vun mi over meisttiets ok nich!

Un de neegste seggt »wenn twee Fruuns tohoop op't Klo loopt« … dat glööv ik, dat heff ik bi Männe ok noch nich beleevt … dor kinn ik dat ehrer ümgekehrt … de suupt un suupt un kaut mi so lang 'n Ohr af, bit ik jem froog, of se denn gor nich mol no't Klo hin mööt?
Nu froog ik mi blots, wat dat all so in % för de ›weibliche Erotik‹ utmoken deit? Dat kunn' mi de Männe ok nich seggen!
Un wat hett dat Leven nu noch för 'n Fruu proot, wenn se mit toveel Schminke in't Gesicht in 'n Kneipe sitt, mit'n Mann över Horoskope schnackt, sik dorbi ehr Zigarett sülvst ansteken deit vör se mit ehr Fründin mol gau tohoop op't Klo löppt!
Dat eenzig, wat ik weet is, wenn ik so'n Blöödsinn lesen do, denn reegt mi dat jümmer so op, dat ik dorbi op een Schlag mehr as 50 % vun mien ›erotische Ausstrahlung‹ verleer … un denn kummt dat op een Zigarett mehr ode weniger ok nich mehr an!

Körper un Geist

Oh, ik kenn dat al ... ik ligg in't Bett un föhl mi jichtenswo schlecht! Eenfach so ... un ik weet al genau, wat glieks wedder kummt: af Morgen warrt allns anners!
Ik will ennlich weniger schmöken un överhaupt eegentlich will ik ganz ophöörn. Un af Morgen: Spoort! Ik mütt för wiss Spoort moken! Af Morgen: weniger schmöken un Spoort un ... fröher opstohn! Nich jümmer in't Bett bit in de Poppen schlopen! Ik will oplest mol wat vun'n Dag hebben – Carpe Diem – af Morgen: fröh opstohn un denn Spoort! Lopen – lopen is goot – een Stünn lopen – un op'n Weg no Huus – frischet Obst köpen – dat mit de Kekse an'n Morgen mütt ophören – af Morgen – Müsli un frischet Obst – eerst fröh opstohn – denn lopen – denn Müsli un Obst – denn Zeitung lesen – mol richtich – ok wat nich interessant is – allns lesen – mol 'n beten wat doon för 'n Kopp – af Morgen ... denk ik noch, vör ik so wegratz!
Blots: ik kenn dat al: opwoken do ik denn middags. Un lopen? ... ik mütt eerstmol richtich gohn

köön'n … un de Klüsen opkriegen … vunwegen lopen … to'n Fröhstück natüürlich dat sülve Keksgedööns as jümmer … is jo keen frischet Obst in't Huus, wovun ok? De Zeitung hebbt se wedder klaut – also doch Fernseh kieken – Fernsehn to't Fröhstück – un dor löppt … na wat woll … Spoort! Blots as ik düsse verkrampften, mit Muskeln bepackten Hoochleistungsminschen sehn do, dor fallt mi düsse Spröök in … de vun den gesunden Körper un den gesunden Geist! Un dat de gesunde Geist man blots in den gesunden Körper leven kann. Un ik froog mi, woso dat jümmer mehr ›Sport-Psychologen‹ gifft. Dor stimmt doch wat nich!

Ik glööv, dat sik mien Geist un mien Körper ok ohn Spoort ganz prächtich verstoht. Dat sünd, wenn du so wullt, Kumpels. De beiden sünd sik jümmer ennich! Wenn mien Geist denkt ›Oh, nu bruuk ik over 'n Zigarett‹, denn loopt mien Been ok al los!

Hypochondrie

Jeede tweete Düütsche is krank, ode seggt wi mol, jeede tweete Düütsche meent, dat he krank is. Un ik höör dorto! Ik bün meist jeedeen Dag so'n beten krank! Ik heff jümmer jichtenswat!
Annerdoogs weer dat mien lütten Tohn. Dat weer villicht schrecklich! Dor harr ik so'n pieren binn … 'n poor Doog lang. Dat güng gor nich wedder weg. Un för mi weer klor, dat is Gicht, ode dat warrt 'n chronische Polyarthritis.
Dat heff ik annerdoogs bi Fruu Dr. Antje Kühnemann sehn. Dor seet en, de jüst dat sülve harr as ik. Süh, denk ik, un denn fang ik an, un lees allns över Gicht un allns över Polyarthritis no … in'n Pschyrembel. Dat is dat dicke grööne Book mit düsse schreckliche Biller dor binn. Ik glööv, dat is dat beste ›Standart-Nachschlagewerk‹ för ›Hypochonder‹, wat dat överhaupt gifft. Dor kannst' an Anfang al mol kieken, woans dien niege Krankheit woll in'n poor Weken utsüht.
Denn goh ik in de Aftheek un pack dor eerstmol mien lütten Tohn op'n Disch. Een Aftheker un twee PTA's stoht üm mi rüm. So schlimm is dat.

He kunn den lütten Tohn ruhich mol anfoten, sä ik to den Aftheker, ik wörr de Tään so lang tosamen bieten. Un wiel ik mi nich entscheden kunn, goh ik mit dree verscheden Salven wedder no Huus.
Oh Gott, Rheuma! Dor steiht dat, in den Bipackzeddel vun de eene Salv. An Rheuma harr ik nu gor nich dacht. Nu gifft dat over in't Internet jo to'n Glück den ›Internet-Dokter‹. Is dat nich schöön? Dat is natüürlich jüst dat richtiche vör mi, denk ik. Ik schriev em gau, wat mi fehlt, un wat ik glööv, wat dat woll is. Dat duurt man blots 'n poor Stünn', dor kummt ok al de Antwoort: Ik schull mi man keen Sörgen moken … dat kunn ok an de falschen Schoh liggen, ode villicht weer ik mit den Tohn jo ok jichtenswo gegenstött …!
Ik glööv dat hackt! Mit'n Tohn wo gegenstött! Ik reeg mi so op, dat mi mitmol de Moogen weh deit. Over dat is nich so'n ›stumpfen Schmerz‹, dat is mehr so'n Steken. Ganz boven in'n Moogen, ganz dicht bi't Hart … ode is dat dat Hart? Moogengeschwüür ode Hartinfarkt … wat dat nu genau is, dat vertell ik 'n annern Mol.

Promis un Ehe

Dat Schlimmste, wat 'n Minsch op düsse Welt passeern kann, is doch woll 'n Promi to ween.
Egool wo du steihst un geihst warrst du knippst un filmt. Du kannst nich mol, ohn dat dat en markt, in dien Villa in Grunewald 'n Madratz verbrennen. Ode mit Kokain an de Fingers dör de Sekerheitskuntroll lopen, ohn dat glieks jeedeen dat wies warrt. Du müßt jümmers hungern un di Perücken opsetten un ik froog mi, wat so 'n Fruu woll dörmookt, wenn de vör de Kamera sitt un ünner de Perück fangt dat mol so richtich dat Jöken an. Un denn kannst du dat Ding nich mol even vun Kopp rieten, as so 'n Wullmütz. Wo süht dat ut? Mit de een Hand büst an't kratzen un in de anner Hand hangt dien Fiffi.
Un wenn du heiroden deist sünd se all dor un se freit sik, denn se weet genau, keen heiroden deit, de lett sik ok wedder scheden. Un wenn dat so wiet is, denn warrt düsse Scheedung jüst so utslacht, as vörher de Hochtiet.
So, un nu stell ik mi vör, ik bün Uschi. Uschi Glas. Ik bün 57 un heff mien halvet Leven dormit to-

bröcht, mi intocremen, to peelen un to börssen, allns dormit mi de Mann nich afhaut. Ik heff dree Kinner kregen, over jümmer noch ›Konfektionsgröße 34‹, also veel Hungern, veel Ananas, veel Spoort, allns dormit mi de Mann nich afhaut. Ik heff jümmer arbeid un Geld verdeent, ok wenn ik keen Lüst harr, allns dormit mi de Mann nich afhaut.

So, un nu löppt mien Mann, de blöde Sack, no över 20 Johr Ehe, mit 'n 30johrige Wustverkööpersch Hand in Hand dör 't Schilf. Wo kunn dat passeern?

Ik glööv jo, de beiden hebbt dat verpasst, tohoop oolt to warrn, ode tohoop jung to blieven. Uschi süht jümmer noch ut as 30, un Bernie kunn ok locker as 70 dörgohn.

Un de Moral vun de Geschicht: Wenn du di incremen deist – denn vergeet dat Incremen vun dien Mann nich!

Männe

Ik finn jo, dat de Männe sik doch bannig verännert hebbt! De sünd so week un so weiblich un so niedlich worrn! Männe weern mol interessanter! Ik meen, dat typische an so'n Mann weer doch jümmer, dat he noch so groote Fööt harr – un so'n kratzich Gesicht – un so ruuge Hannen! Un fröher harr he weniger Hoor op'n Kopp as op'n Böstkasten ode in'n Nacken! Un överhaupt, fröher harrn de Männe noch düssen bissigen, stekenden Ruuch an sik! Vun't Arbeiden!
Ik segg jo gor nich, dat ik dat schöner finn. Ik finn dat man blots interessanter. Schöön bün ik jo sülvst, dor bruuk ik keen Mann to! Un överhaupt warrt de Männe uns Fruuns jümmer ähnlicher! Kiek mol, dat geiht doch in't Fernsehn al los. In de Werbung. Ode weet ji dat nich? Wo düsse Typ vun'ne Müllermilchwerbung dor nokt op düt riesige Plakoot sitten dä, un hett mien Bottermelk sopen? Ik meen dat Geheemnis vun so'n Mann, dat söök ik doch in sien' Kopp! Un wenn ik dor nix finnen do, denn söök ik ok al mol in sien Büx. Over ik söök doch nie in sien Bottermelk!

Ik bruuk op keen Fall so'n ›Fruunverstoher‹ – so'n ›Hollandradföhrer‹ so'n ›mit-utstreckten-Arm-övern-Zebrastriepen-loper‹ – so'n ›Motivsocken-Dreger‹ – so'n ›Pfandbuddels-wedder-Trüchbringer‹ – so'n ›in-Fohrtrichtung-Sitter‹ – so'n ›Schwachstrahlstruller‹ – so een bruuk ik nich!
Ik heff mi annerdoogs mol hinsett un överleggt, wo eegentlich vendoog 'n Fruu noch 'n Mann to bruukt … för de Sekerheit … för de Geborgenheit … för't Geldverdeenen … to't Sexmoken … un üm mit em op Partys to gohn! Man blots: för de Sekerheit … dor heff ik mi nu 'n Mops köfft, un för de Geborgenheit … dor heff ik 'n beste Fründin, de roop ik an un – zack – is se dor, denn för't Geldverdeenen … dor bruuk ik nüms, dor bün ik sülvst för ünnerwegens, un op Partys gohn, dor goh ik veel lever alleen hin, un … tööf mol … een fehlt dor noch … Sekerheit, Geborgenheit, Geld, Party … tööf mol … dor weer doch noch wat …

De minschliche Balzgesang

Eegentlich heff ik jo dacht, över dat Thema Männe un Fruuns is allns seggt. Heff ik dacht!
Ik meen, dat Männe un Fruuns eegentlich nich tohoop passt, dat weet wi nu bilütten. Un dat glöövt wi nu ok bilütten.
Wenn ik dor genau över nodinken do, is mi dat jo domols al opfullen, as so de eersten ›Klassenfeten‹ weern.
Wenn ik se danzen sehn heff, de Jungs! Jümmer in'n Wessel, een Foot vun rechts no links schuuven un boven den ›Koppnicker‹ un dorto de Arms eenfach blots lang doolhangen loten. Un ganz wichtich: jümmer locker een' achtern Beat. Dat sehg so herrlich eckich un kantich ut. So as of se jüst wat ganz wichtiges vörhebbt, weet over sülvst noch nich wat! Ik meen, wi Deerns hebbt ok nich danzt, as weern wi al mit ›Sambarasseln‹ in de Hann op de Welt komen … over unse Bewegungen weern doch wat runner un weeker.
Un denn dat ›Flirten‹. Dat is mi ok al ganz fröh opfullen. Dor passt de Männe un Fruuns ok nich tohoop.

Ik kann vendoog noch nix dormit anfangen, wenn een an mi vörbi geiht un mookt ›gss-gss‹, as of he ’n Katt wegjogen will. Den ganzen Sommer över schnalzt un piept dat överall in de Stadt, un keen Fruu weet, wat se dormit anfangen schall. Wo schall ik dor mit ümgohn? Mi in em verlieben? Em mien Telefonnummer geven?
Apropo Telefonnummer. Ik heff leest, dat in England nu al de eersten Vögels anfungen hebbt, statts ehrn normolen Balzgesang, mit den se eegentlich de Weibchen anlocken wüllt, de Melodien vun Händi-Klingeln no to singen! Un dor weet dat Vogelweibchen denn nix mit antofangen. Se kennt de sungene Händi-Melodien vun de Vogelmänne nich as Balzgesang. Jüst so, as wi Fruuns dat ›gss-gss‹ ok nich as Balzgesang ode as Lockruf kennen dot. De engelschen Vogelforschers sünd nu bang, dat dat bald keen Vögels mehr bi jem geven deit.
Ik finn jo de Vörstellung, dat so’n Vogel op’n Boom sitten un ›la Cucaratscha‹ fleiten deit, jümmers noch schöner, as so’n blödet ›gss-gss‹ op de Rölltrepp.

Männe in de Köök

Keen hett eegentlich de Männe vertellt, dat wi Fruuns dat erotisch findt, wenn Männe för uns koken dot?
Wo oftins heff ik al 'n Mann kennenleert, den ik richtich nett funn'. Un he funn' mi ok richtich nett. Un en Dag keem denn vun em den Spröök: »Du, ich würd gern mal ganz toll für Dich kochen!« Un – zack – weer för mi jeede opkeimende Erotik verflogen! Mi geiht Koken jo an sik al op'n Geist! Over kokende Männe noch veel mehr!
De Männe, de schüllt mi to'n Eten inloden! Dat finn ik goot. De schüllt mi afholen, mi de Autodöör opholen, 'n Disch reserveert hebben un weten, dat ›Cabernet Sauvignon‹ anners utschnackt warrt, as en dat schrifft.
Un nich mit 'n Hanndook vör'n Latz in mien Köök stohn un dor allns vullkleien! Un wenn dat denn so wiet is un se hebbt dat Eten ferdich, denn müss du bi jeedeen Happen »mhhh« moken un seggen, wo dull dat schmeckt! »mhhh, köstlich, gaaanz köstlich«! Un he vertellt bi jeedeen Happen, wo he dat mookt hett un wo he dat to'n eer-

sten Mol kookt hett un wonehr en dat, wat dor to hööört, an'n besten köpen kann un op wat en achten mütt ... bi't Köpen un bi't Koken! ... Un ik kiek em an, höör em over al lang nich mehr to.

Ik froog mi blots, wo he dat trecht kregen hett, mehr ›ungesättigte Fettsäuren‹ in de Köök to verdeelen, as in de Pann to loten. Un wo krieg ik dat wedder rein?

Putzen is jo so gefährlich! Jüst annerdoogs heff ik leest, dat 'n Mann in Köln över sien putzend Fruu stolpert is un sik dorbi sien Beerbuddel direktemang in sien Schädel rammt hett.

Un wenn wi uns denn, wenn allns ferdich is mit unse Fressnarkose, so gegenöver sitten dot, denn is't bi mi vörbi mit de Erotik. Ik meen so'n Mann kunn doch so'n beten wat twüschendör ok mol wegpacken – ode afwischen!

Over nee ... Männe köönt dat nich ... Männe hebbt keen ›twüschendörmol-wat-wegpacken-un-afwischen-Hann‹ mit op'n Weg kregen. De hett de leeve Gott jem nich geven. Un desterwegen wull de leeve Gott ok nich, dat Männe mit dat Koken anfangt!

Wo heet dat doch so schöön: »Liebe geht durch den Magen«. Dat mag jo ween, blots keen mookt mi de Köök wedder rein, wenn de Liebe dör den Moogen dör is?

Emanzipatschoon

Emanzipatschoon hin ode her, man blots bi lütten finn ik, dat de Männe sik wedder so'n beten trüchemanzipiern köönt!
Ik bün meist jeedeen Dag ünnenwegens un meisttiets heff ik 'n groten schworen Kuffer dorbi!
Dat geiht al mit de Taxiföhrers los! De stiggt al gor nich mehr ut, üm di den Kuffer in 'n Kufferruum to börn! ... nehmt over för't Gepäck schlepen 2 EURO extro ...! Un wenn ik den ganzen Krempel wedder rut heff ut't Taxi, denn stoh ik vör de grote Trepp in'n Bohnhoff! Nüms, de mi hölpt. Keen Mann, de mol seggt: ›Moment, junge Frau, ich helf' Ihnen mal schnell!‹ Een Mann vertellt mi sogor, he harr de Fruunslüüd fröher jümmer bi de Kuffers holpen, over nu harr he leest, dat to veel Kufferschlepen de Kneegelenken kaputt mookt. Also de ›Gelenkschmiere‹ in'ne Kneen, de wörr sik dör to veel Schlepen afbuun. Un de wörr sik ok nich vun alleen wedder opbuun, sä he. As he ferdich weer mit't Vertellen, harr ik mien Kuffer boven! Ik harr em op leevst noch froogt, of he in sien'n Kopp woll ok so wat as ›Gehirnschmiere‹

harr … un of he gor nich bang weer, dat de sik ok afbuut, wenn he to veel dumm Tüüch sabbelt.
Un denn in Tuch! Keen Mann, de mehr opsteiht, üm mi den Kuffer in't Gepäcknett to börn! Se hoolt sik sogor de Arms över'n Kopp, wiel se bang sünd, jem fallt dat schwore Ding op'n Kopp!
Un keen hett eegentich de Männe vertellt, dat se mi de Döörn nich mehr opholen bruukt? … mh? Ik wiss nich! Annerdoogs weer dor een, de leet de Döör so batz vör mien Nääs dichtfallen! Ik heff em denn froogt, of he mi mit mien schworen Kuffer denn gor nich sehn harr … ›doch‹ seggt he ›over ik harr jo sülvst twee gesunne Hann to'n Döörn opmoken‹! Oh, heff ik seggt, denn schull he man oppassen! De leve Gott harr mi ok twee gesunne Fööt geven un mit een dorvun wörr ik em glieks mol örnich een in'n Moors pedden!

Natüürliche Männe!

Ik stoh jo op totol natüürliche Männe ... so Männe, de dör un dör natüürlich sünd!
An de allns echt is. Männe, de so 'n richtich natüürlichen Körper hebbt. Nix antrainiertet ut 't Fitness-Center. Dat mag ik överhaupt nich ... dat is denn ok unnatüürlich!
Nee ... de mööt so 'n natüürlichen Oberkörper hebben ... so 'n keilförmigen. Over dat mütt akroot anborn keilich ween ... as ik al seggt heff ... nix antrainiertet ... un op 'n Böstkasten, dor mööt so 'n poor Hoor ween, so 'n handbreet, un de mööt so natüürlich no ünnen hinlopen ... över den Buuknovel röver ... direkt in de Erotiklinie rin ... düsse natüürliche Hoorlinie twüschen Buuknovel un ... eegentlich mütt dat ganze utsehn as Sylt ... boven is List, un denn löppt dat so rünner un ünnen is Hörnum ... ganz natüürlich!
Op keen Fall nix wat dor an 'n Hals so hoochwuchert un womööglich noch no 'n Puckel hin wasst ... uh ... nee ... dat mag ik nich ... dat is doch unnatüürlich ... ik meen, dat heet jo ok ›Brusthaare‹ un nich ›Halshaare‹. Un de Arms ...

also de Oberarms ... de mööt so 'n ganz natüürliche ›Schwellung‹ hebben! Nix antrainiertet, so 'n ›Schwellung‹, de jümmer dor is. Ok wenn de Arm mol nix to doon hett ... wenn he eenfach so doolhangt ... so 'n natüürliche ›Dauerschwellung‹ meen ik!
Un ganz wichtich is jo bi een Mann ok de Moors! Also dat mütt so 'n ganz natüürlichen Moors ween ... so 'n Moors as 'n Appel ... ik segg jo jümmer: »Golden delicius« ... villicht nich so gröön, over so knackich!
Un denn de Hann! De Hann seggt över 'n Mann veel mehr ut, as de Sook mit de Nääs! De Nääs hett nix to bedüden. Vun wegen »Johannis«. Allens Quatsch! Dorüm mööt de Männe-Hann ok ganz sensibel ween, over trotzdem goot anpacken köönen. Un de Finger ... dat dröfft nich so dicke, leitsche Cocktail-Wüst ween ... de mööt so ›langgliedrich‹ un ›muskulös‹ utsehn!
So, nu kann en glöven, ik goh bi de Männe man blots no dat Utsehn! Nee ... dat is nich so ... mi is dat jümmers noch dat wichtichste, dat he örnich wat in 'n Kopp hett ... he mütt ganz natüürlich utsehn over ok örnich wat in 'n Kopp hebben!
Eegentlich, wenn ik ganz ehrlich bün, eegentlich mütt he blots so ween as ik: Schöön, schöön klook un schöön duscht!

Klischees över Klischees

Mi wunnert jo, dat sik so bestimmte Klischees twüschen Männe un Fruuns, dat de sik jümmer so hartnäckich hoolt!
Dat geiht al los mit ›A‹, as Auto: de Männe schulln doch bilütten mol marken, dat dat de meersten Fruuns schietegol is, wat se för'n Auto föhrt! Siet en Autos leasen kann, hett dat doch nu würklich nix mehr to bedüden! Un ik heff dat ok eenfach to foken sehn: dat Auto is hui, un wat dor utstiggt is pfui. Dor nützt ok de hööchste Leasingrate nix! Dor fehlt dat an de ›Schöönheit, de vun binnen kummt‹ … un dat is ok so'n Spröök: ›De Schöönheit, de vun binnen kummt‹. De is ok nich doot to kriegen. Ik meen, wenn so'n Minsch vun buten al schmerrich is, denn bruukt dor vun binnen ok nix mehr to koom'!
Ode in de Sauna. Wenn se jümmer all so dot, as wörrn se sik nich gegensietig ankieken, wiel dat jo natüürlich is mit wildfrömde Lüüd splitternokt tohoop in een Ruum to sitten! Ik goh nu würklich foken in de Sauna un ik kiek mi de all an! Vun boven bit ünnen … ›schon aus beruflichen Grün-

den‹. Natüürlich jümmer so, dat dat nüms markt, over du hest jo in de Sauna ok nix anners to doon as schweten un kieken!
Apropo ›nix markt‹ … hebbt ji wüsst, dat Männe, de di in de Ogen kiekt, dat de di ok jümmer dorbi praas op'n Busen kiekt? Dat hett annerdoogs 'n goden Fründ vertellt. Ik heff dat nich wüsst! He seggt, Männe hebbt de Fähigkeit, Fruuns in de Ogen to kieken – un se kiekt di ok in de Ogen – over de hebbt dorbi no ünnen hin 'n Radius, de geiht över de Möpse weg bit rünner no 'n Buuknovel. Un bit no'n Buuknovel rünner köönt de Männe noch richtich scharp kieken!
Of he sik dat antrainiert harr, heff ik froogt. Nee, hett he seggt, dat köönt all Männe. Dat harrn se so in de Gene. Dat harr he as Kind al kunnt! Männe schnackt dor blots nich geern över. Un ik schull dat man ok för mi beholen. Jo, segg ik, wiss, ik segg dat nüms, bi mi is jeedeen Männegeheemnis so seker as in Abraham sien Schoot!

Nur Äusserlichkeiten

Echte Schöönheit kummt vun binnen, seggt en jo so. Un dor is ok woll wat an. Un wenn en verliebt is, gellt dat ok noch mehr. Dor geiht dat doch nich üm ›Äusserlichkeiten‹. Dor verliebt en sik doch in de ›inneren Werte‹. Un villicht noch in sien Ogen, sien Hann ode sien Moors.

Over ik heff noch nie nich beleeft, dat sik 'n Fruu in 'n Mann verliebt hett, wiel he so 'n dulle Büx an harr. Ode wiel sien Pulli em so goot stünn. Uns Fruuns is doch egol wat he anhett, wenn wi vörhebbt, mit düssen Mann den Rest vun uns Leven to verbringen ... dinkt wi ... an 'n Anfang ... wenn wi verliebt sünd. Un oplest köönt wi Fruuns dat Utsehn vun de Männe jo ok verännern ... richtich, dat denkt wi ok noch.

Un dat duurt nich lang, denn ännert wi dat ok. Wiel wi nich anners köönt. Wiel wi as Kinner al nich blots unse Barbiepoppen stünnlang an-un uttoogen hebbt, sünnerlich ok den Mann vun Barbie, den Barbie Ken. Ken muss Barbie nich blots 10 mol an Dag heiroden, he müss ok jümmer anteihn, wat wi wullen. Un so is dat vendoog noch.

Dat Motiv is kloor: wi wüllt dat beste ut em rutholen, wiel he dat alleen nich kann. Un wiel he nich geern inköpen geiht.
Is jau mol opfullen, wo oftins en in de Footgängerzone gegen lüttje, dicke Männe lopen deit, de dor eenfach blots rümstoht un sik nich beweegt? Düsse Männe sünd vun jehre Fruuns vör't Koophuus afstellt worrn. De Fruu seggt »Wadde ma' kurz« un »halt ma' kurz« – zack – stoht se dor, de Hanntasch vun jehre Fruu över de Schuller bummelt un kiekt un töövt dat se wedder afhoolt warrt. Mi erinnert dat jümmer an de Dörchsoog bi Ikea: »Der kleine Hans möchte von seinen Eltern im Kinderparadies abgeholt werden.«
Anners as bi Barbie-Ken mütt en bi de echte Männespezies over jümmer goot oppassen, dat en den Bogen nich överspannt. He mütt jümmer noch dat Geföhl hebben, allns wat he antreckt, treckt he freewillich an. Ganz langsom mööt wi em dor hin bringen, dat dat ok noch annere Ünnerbüxenmodelle gifft, as de, de sien Mama em siet 15 Johr to 'n Burtsdag schenkt. Un dat en sik de ok ruhich mol sülvst köpen kann.
Schlimm is blots de Momang, wenn en sik trennt. Denn is he nu leider NICH mehr de Mann, mit den wi den Rest vun uns Leven verbringen wüllt, over denn süht he oplest so ut!

Positivet över Männe

In de lest Tiet heff ik oftins denn Satz höört: »Du schimpst jümmer so över de Männe«. Eerst heff ik mi verjoogt, un denn heff ik mol dor över nodacht, un denn is mi opfullen, dat dat stimmt! Ik schimp över de Männe, ode ik lach över jem, un wenn dat ganz dick kümmt, denn do ik sogoor beides! Un dat deit mi nu richtich leed! Dat is gor nich mien Afsicht, dat hett sik eenfach jümmer so ergeven. Meisttiets ut aktuellen Anlass!
Over villicht is dat nu mol an de Tiet, dat wedder goot to moken! Ik meen, ik sett mi nu nich hin, so as Verona Feldbusch, un segg: »Ich liebe die Männer«. Dorför kenn ik to veele, de ik 'n ganzen Dag in 'n Moors pedden kunn – giffl dorvun over ok genoog Fruuns. Dor is mi denn over meisttiets dorno, jem so ganz kört – zack – een midde flache Hand op 'n Achterkopp to ditschen, so dat se nochmol kört över dat nodenkt, wat se dor jüst seggt hebbt. Over dat is nu 'n annert Thema.
Ik jeedenfalls kunn ohn Mann mannigmol gor nich ut 't Huus gohn! Wenn ik mien Hanntasch mol nich mitnehmen will. Denn nimmt he, ohn to

muulen, mien Portmonei, dat Schlöttelbund, Zigeretten, Lippenstift, Puderdoos, Taschendöker, mien Kaugummis un de Kreislaufdrüppens. Mien ganze Utensilien sünd över sien ganzen Körper verdeelt.
Un denn sien Toleranz, wenn wi mol ’n Wekenenn wannern goht, dat ik dor veer Poor Schoh mitnehm, de he schlepen mütt. Een Poor för grobet Geröll, een Poor för mittleret Geröll, een Poor för feinet Geröll un een Poor, för wenn wi ovends doch noch mol wo hingoht.
Un sien Ehrlichkeit. Wenn ik em froog: »Seh’ ich dicker geworden aus?«, denn kummt jümmer sofort: »Nein überhaupt nicht, im Gegenteil!«
Un sien Humor. Wenn wi tohoop op ’n Fete goht, un ik stell em vör as: »Und das ist Martin, mein schwuler Freund«. Denn duurt dat meist 1 bit 2 Stünn, over denn kann he ok dor över lachen.
Over dat wichtichste för mi is, dat ik mi totol op em verloten kann. Jümmer wenn ik em froog, of he mi heiroden will, denn seggt he garanteert ›Nee‹. Dor kann ik mi ganz fast op em verloten!

Penisneid

Ik bün to ’n Burtsdag inlood: »Treffen 20:00 Uhr bei ›Luigi‹«.
›Luigi‹ is de lüttje Italiener üm de Eck. Un dor sitt wi denn. Veer Männe un dree Fruuns, un dat duurt nich lang, dor seggt Gaby: »Ach, die Italiener, das sind noch richtige Männer!« Ik harr so hofft, dat düsse Diskuschoon nich kümmt, over – zack – weer dat ›Thema Nr. 1‹ wedder op ’n Disch.
Woso, seggt Ralf, he is doch ok ’n richtigen Mann! He hett twors nich mehr so veel Hoor op ’n Kopp as Luigi, over sünst ...!
»Over wat sünst?« froog ik! He weer doch de, de op ’n lesten Burtsdag vertellt harr, dat he mit ’n Liegerad dör Italien föhrt weer. Un Liegerad föhrn is woll nu meist dat ›Unmännlichste‹ op de Welt, wat ik mi vörstellen kann.
»Ach«, seggt Ralf, »ji Fruuns, ji sünd doch blots neidisch op de Männe!« Un denn seggt he noch dat Woord ›Penisneid‹.
So, dat mookt twors nu as Antwoort op dat Liegerad keen Sinn, over üm dor över to schnacken reckt dat allemol!

»Wie Penisneid?«, froog ik. Of he meent, dat wi Fruuns neidisch dor op sünd, dat he sien Noom in ’n Snee pinkeln kann?
Jo, seggt he, jüst so. Un nich blots dat: Sien Ünnerwäsch köst in ’n 3er Pack höchstens 9 Euro, he kann sik duschen un antrecken in 10 Minuten, he mütt nich mit sien Buuk an ’n behorten Moors liggen un theoretisch, seggt he, also theoretisch kunn he alleen as Mann de Erdbevölkerung verdüppeln.«
Un as Mann is dat ok nich schlimm, wenn du mit 34 noch Single büst. Un as Mann kannst du ok överall breetbeenig sitten. Ralf, dat hett uns övertüügt.
Wi harrn ’n netten Ovend un an ’t Enn froog he sogor, of he mi no Huus föhrn dröff. Dat weer mutig vun Ralf, denn Ralf föhrt ›Smart‹. Naja, dink ik, dat passt jo denn to sien Liegerad!
As ik utstieg, segg ik: »Ralf, wenn so ’n Auto för ’n Mann würklich noch sowat as ’n Phallussymbol is, denn harr ik mi jo an dien Steed keen Auto köfft, wat quer in de Lücke passen deit!

Hanntaschen för Männe

Annerdoogs weer ik op ’n Filmpremiere inlood. Wo de Film weer, dat weet ik gor nich mehr, over dorno, un dat weer de eegentliche Grund worüm ik dor överhaupt hingohn weer, weer noch ’n Premieren-Party.

Un an düssen Ovend is mi wat opfullen! Un twors vör’t Klo! Ode beter seggt, vör de Damentoilette!

Jümmer wedder wenn ik dor hin müss, stünnen dor Männe vör’t Klo un töven op ehr Fruuns. Dat is jo nu noch nich so schlimm. Over dat de Fruuns jem vörher noch ehr lüttje rode Hanntasch in de Hann drückt harrn un seggt hebbt ›halt ma’ kurz‹, dat weer hart.

Ik glööv, dor köönt Männe doon wat se wüllt, over dat gifft för jem in den Momang partu keen Körperhaltung, de jem jichtenswo noch ›würdevoll‹ utsehn lett. Un ik froog mi, woso hett sik eegentlich de Hanntasch för Männe nich dörsett? Woso seht Männe mit lüttje rode Hanntaschen blots so lächerlich ut? Fruuns treckt doch ok siet veele Johrn ›Hosenanzüge‹ an un dreegt körte

Hoor. Dor seggt nüms wat. Over ik heff noch ni nich 'n Mann mit Zöpfe in 'n Ovendkleed sehn, den en noch jichtenwo eernst nehmen kunn.
Un dat is doch ok 'n logistischet Problem. Männe hebbt doch ehrn ganzen Krempel, den se jichtenswo ünnerbringen mööt, bi sik: Portmonei, Schlödel, Zigeretten, Füertüch, Sünnenbrill, Kaugummis un Händi. Dat mööt se jümmer allns in ehre Jacken un Büxentaschen stoppen. Un de eegentlich knackige, ründe Anatomie vun so'n Männemoors süht mit eens ut, as so'n Klammerbüdel. Un dorüm harr de Evolution se doch tominnst noch 'n poor Hann mehr wassen loten kunnt, wenn dat mit de Hanntasch al nich klappt.
Un is dat nu Tofall, ode hett sik de Evolution dor wat bi dacht? De Evolution woll nich, seggt mien Fründ, over de Fruuns. He meent, Fruuns loot ehre Männe extro mit lüttje rode Hanntaschen vör't Klo stohn, üm jem to ›demütigen‹. »Frauen wollen damit den männlichen Willen brechen«. Ach, segg ik, dat kunn natüürlich ween. Un wiel he mi in den Momang doch so'n beten to sülvstbewusst weer, segg ik vör't Klo to em: »Du Schatz … halt ma' ganz kurz!«

Eifesucht

Eifesucht is ok nich mehr dat, wat dat mol weer! Fröher hett dat noch richtich Spooß mookt, wenn ik mol so'n richtigen Eifesuchtsanfall harr! Dor heff ik mi dor noch richtich Tiet för nohmen ... ik heff mi 'n Koffie mookt un denn heff ik sien Taschen un Schuuvloden dörsöcht, of ik dor nich wat finnen kunn, wat mi verdächtich vörkeem ... so'n Zeddel mit 'n Telefoonnummer ode wat, wat he mi nich wiest ode vertellt hett! Un denn heff ik mi 'n tweten Koffie hoolt un heff sien Pullovers un Jacken nokeken, of ik dor nich villicht so'n langet, blondet Fruunshoor finnen kunn ... dorbi weet jo eegentlich jeedeen, dat sik so'n Fruunshoor ok ganz licht mol ohn Sex överdregen kann!
Jo, un vendoog mookt mi dat allns keen Spooß mehr! Sietdem ›gefärbte Kurzhaarfrisuren‹ bi Fruuns ›in‹ sünd, hest du doch gor keen Chance mehr! Ik kann dat gor nich mehr ünnerscheden, of dat nu 'n körtet blondet Hoor vun'n Fruu is ode 'n körtet blondet Hoor vun'n Golden Red Riever ode anners een Köter! Un lüttje Zeddels, de em fröher jümmer mol wedder ut de Büx fullen

sünd, de gifft dat ok gor nich mehr … dor kannst' di vendoog dumm un dusselich söken … dat löppt vendoog allns över Händi!
Wat mi dat för Tiet köst hett, bit ik rut harr, wat he för'n Geheemnummer hett, dormit ik sien SMS lesen kann … un dat müsst du jeedeen Dag doon, ansünsten hett he de – zack – al wedder löscht … nich dat mi dor an'n Enn noch wat wichtiges dör de Lappen geiht!
Un dat Schlimme is jo: de Trend geiht no dat ›Zweit-Händi‹ hin! Nu loop ik al siet 'n poor Doog hier rüm un kann sien twetet Händi nich finnen! Mien Tweet-Händi – nee – dat hett he noch nich funnen … dat heff ik hier bi mi in de Schuuvlood … un de loot ik jümmer so'n lütt beten wiet open stohn, jüst wat mehr as de annern Schuuvloden, so kann ik genau sehn, of he dorbi ween is!
So is dat, de Tieden warrt jümmer schworer … un de Geheemnummern jümmer wat länger … un siet 'n poor Doog hett he nu ok noch ›Internet‹ … un dor bruuk ik nu sien ›Passwort‹ … hüüt noch!

Grillen

Wenn en mol överleggt, wo gau sik allns in't Leven ännert: wi hebbt Computers, wi hebbt Faxgeräte, bi't Telefoneern köönt wi bald den Minschen sehn, mit den wi telefoneert (wat för mi woll de gräsichste Erfinnung is, siet dat Schokolood gifft), un nu hebbt wi sogor nieget Geld … obwohl dat ole doch eegentlich noch goot weer! Wenn wi wüllt, köönt wi flegen un in unse Autos köönt wi Computers inbuun loten, de uns seggt wo un wohen un worüm wi föhrn schüll!
Un ik glööv, dat gifft man blots een eenzige Sook op de Welt, de sik ni nich ännert: Dat Grillen! … ode – nee – seggt wi mol … twee Soken op de Welt, de sik ni nich ännert: De Männe un dat Grillen! … ode noch beter: De Männe un jehr Grillen! Woans liggt dat an? Wat find de Männe dor an? Woso kriegt de so glänzende Ogen, wenn de an so'n Grill stoht, stünnenlang in'ne Holtköhlen puust un freewillig ehr kostboret Beer in'ne Flammen sprütt, üm de lüttjen mickerigen Wüst vun links no rechts to schuven!
Veele Johrn heff ik dacht, dat liggt dor an, dat de

Männe so geern mit Füer speelt ... wiel se doch as Kind al jümmer seggt hebbt ... ›ich will Feuerwehrmann werden‹. Un wenn dor denn so'n Stichflamme ut de Köhlen hoochstiggt, un se stellt sik vör, de Beerkasten is de Hydrant un de Beerbuddel is 'n echten Füerlöscher ...
Nu hebbt se over in Grootbritannien 'n Ümfroog mookt, un dor is bi rutkomen, dat Männe so geern grillt, wiel se sik dorbi so sexy findt! Ups! Dat müss ik denn over doch tweemol lesen! Een Mann vun teihn föhlt sik bi't Grillen sogor as'n Höhlenminschen, de sien Sippe mit Eten versorgt! Nix Hydrant un Füerlöscher, sünnerlich de Wusttang is dat! De Wusttang is de Speer ...!
Dat Schlimme is man blots, dat wi Fruuns de Männe bi't Grillen gor nich sexy findt ... over so wat vun gor nich sexy! Over dat mööt wi jem jo nich seggen ... ik höör jo ganz geern to so'n Sippe, de sik bedeenen lett ... un villicht geev ik em bi't neegste Mol, wenn he mi mien Wust bringt, noch so'n lütten Klapps op'n Moors ... wiel he so sexy is!

Balkon mit Aussenschalusie

Wat gifft dat Schöneres, as op'n Balkon to sitten? … heff ik mi domols dacht, as ik 'n niege Wohnung in 'n niege Stadt söken dä.

»Hat die Wohnung 'n Balkon«, froog ik.

»Ja«, sä denn een vun de Vermieters, »un sogor noch Aussenschalusien!«

»Oh, geil«, heff ik dacht, heff dat over nich luut seggt. Ik weer bang, he kunn marken, dat ik de Wohnung hebben wull un dat he denn noch 'n poor hunnert Euro extro nehmen dä!

Balkon mit Aussenschalusie!

De Rest vun de Wohnung weer denn so lala, over dat weer mi egool. Hauptsook Balkon mit Aussenschalusie, keen Mücken un trotzdem frische Luft!

Un nu is dat so wiet: mien eersten Sommer … op mien Balkon mit mien Aussenschalusie! Opfullen is mi dat al vör'n poor Weken, dat vör mien Balkondöör jümmer so dicke behorte Brummers flegen dään. Ik kunn over man nich so richtich sehn, wat dat för Viecher weern! Af un an floog ok mol so'n dicket Ding in mien Stuuv. Denn bün ik dor so lang mit dat Telefonbook achteran, bit ik dat Ding doothaut harr. Bilütten warrt mi de groten Placken op de niege Tapeet over to veel. Ik wüss nich mehr, wat ik noch doon schull un heff den Kammerjäger anropen.

Wat heff ik mi verjoogt, as ik de Döör open moken dä: de Jäger sehg nich ut, as 'n Jäger, nee, de sehg ut as 'n Astronaut un so watschel he ok ganz langsoom op mien Balkon to. Mi hett he so lang in de Kööк schickt, ik müss de Dören dicht moken, un ik schull mi ruhich verholen!

»Man-man-man«, sä he as he wedder rinkeem, »dat weer jo dull«! Ik harr den ganzen Schalusienkasten vull mit ›Mauerwespen‹. De harrn sik dor ehr Nest buut. Dat weer een ›aussterbende Art‹. De müss he dor sitten loten, un de Schalusie, sä he, dröff ik op keenen Fall doolloten ... un an'n besten man överhaupt de Balkondöör gor nich eerst opmoken. Un wat noch ganz wichtich weer: een dröff düsse Wepsen op keen Fall doothaun, sä he, dat worr bestrooft, vun wegen den ›Artenschutz‹, mit ›Gefängnisstrafe bis zu 2 Jahren‹ ... un dor kunnst' mi over flitzen sehn, blots rut mit em ... dat he jo nich de groten Plackens op de Tapeet to sehn kreeg!

Skispringen

Man man man – Schmitt – Hannawald – Hannawald – Schmitt ... Hannawald – Hannawald – Hannawald ... nu is dat bilütten ok mol goot. Wo mookt düsse Melk-Bubi, ode schull ik lever seggen, düsse Milka-Bubi dat blots? 14 Millionen Minschen sitt vör de Glotze un kiekt em to. Wiel he springt. Un wiel he winnt. Un jeedeen Mol, wenn he dör de Luft flüggt, heff ik Angst. Angst, dat dor glieks 'n Windboe kummt, un dat he op eenmol in de Midd dörbrickt. Ik glööv jo, dat de dor achtern 'n Isenstang in ehrn Antoog sitten hebbt, dormit dat nich passeert.

Over egool, keen winnt, de winnt ok jümmer bi de Fruuns.

Tichdusend lüttje, dicke, pubertierende Deerns stoht ünnen un himmelt em an. Un en hett dat Geföhl, se muchen em opfangen ... em knutschen un knuddeln un em mit no Huus nehmen, wiel he so sööt is, un so erfolgreich. Ode woll ehrer ümgekehrt: wiel he so erfolgeich is, is he ok so sööt. Se muchen em redden. Se muchen em mol örnich wat to Eten geven un em warm inpacken. Wiel he

jo so dünn is … un so labil. Un wiel he twors al 27 is, over jümmer noch so utsüht as 12.
Lest Johr weer dat noch Martin Schmitt. Dor weer de noch so sööt. Dor wulln se den noch mit no Huus nehmen. Over to 'n Glück hebbt se dat nich doon. Sünst harrn se nu düssen ›Looser‹ to Huus rüm sitten. Dat harr jem jüst noch fehlt.
Un wat mookt düsse Jungs nu so erotisch? Also ik heff selten wat unsexygeres sehn, as düsse beiden Bohnenstangen, in ehre jümmer to groot utsehnde Aluantöög. Besünners windschnittich, finn ik, süht dat nich ut.
Naja, villicht bün ik blots neidisch. Wiel ik sülvst geern Skispringerin worrn weer. Wiel ik ok geern mol vun boven ut de Luft tichdusend Männearms sehn much, de mi opfangen wüllt.
Woso gifft dat eegentlich keen Skispringerinnen?
Ik in so 'n Aluantoog, dor wörr over nix schlabben. Un rein anatomisch hebbt doch Fruuns 'n veel beteren ›aerodynamischen Auftrieb‹, as düsse Bohnenstangen. Ganz natüürlich wussen Spoiler – vörn un achtern.

Keen Tiet to'n Kinnerkriegen

Nu bün ik 36, un veel Tiet blifft mi nich! Üm mi rüm sünd al all so wiet, ode se hebbt al, ode se wüllt nu over bald, ode se hebbt al un wüllt nu nochmol! Ik schnack vun't Kinnerkriegen.
Un mit 36, seggt mien beste Fründin, bün ik al siet fief Johr 'n Risiko, also 'n Risikogruppe, also ›Spätgebärende‹. Kategorie: alte Mutter!
Ik meen, is jo nich so, dat ik dat Öllerwarrn nich al marken do. Üm dat to marken, müss du nich 50 ween! Wenn ik in't Kino goh, froogt mi al lang nüms mehr, of ik 'n Studentenutwies heff. Un de Tiet, de ik an'n Morgen in de Boodstuuv bruuk, de warrt ok jümmer länger. Dat gifft jo over ok vun Dag to Dag jümmer mehr ›Schwachstellen‹ an mi, de inschmeert un plecht un raseert un peelt warrn mööt!
Jeedeen drütte Fruu mit 36 hett vendoog keen Kinner … vör twintig Johrn weer dat noch jeedeen achte! Een Utnohm bün ik also nich, over woso nich?
Un wiel mi düsse Froog keen Roh lett un ik keen Kind heff, over jüst mol Urlaub, mook ik mi op

den Weg un besöök jüst de Lüüd, de ik al lange Tiet nich sehn heff, wiel se nu 'n Kind hebbt, un keen Tiet mehr, un ok keen Urlaub, üm mol mit mi ut to gohn! Un? froog ik, wo is dat denn ... allns ... nu ... mit ju un mit dat Kind un so? Un dat harr ik meisttiets al gor nich mehr frogen bruukt. Dat de Huussegen scheef hangt, dat kunn ik eegentlich bi jem alltohoop al in't Treppenhuus rüken.
Een vun jem stünn den jümmer mit 'n puterroden Kopp an'ne Pann un broot Wust, ode an'ne Mikrowelle un mookt dat Eten vun güstern wedder warm, un de anner harr dat Kind op'n Arm und seggt: »Eegentlich harrn se mi jo wat dullet koken wullt, over – naja – vunwegen dat Kind ... un vunwegen keen Tiet«. Un no dat erste Glas Rootwien is de een al nich mehr dor, wiel vunwegen dat Kind un vunwegen keen Tiet, un de anner sitt mit mi in de Kööк un blarrt ... se harrn gor keen Tiet mehr vör ehre ›Beziehung‹ ... dat se överhaupt mol Tiet to'n Blarren harr ...!
»Kumm, segg ik, schmöök eerstmol een, dorför hest du doch nu Tiet!« – »Jo, over lever nich, vunwegen dat Kind!« Un jichtenswo kummt denn de Froog an mi: »und, wie is es denn bei Dir so mit Kinderkriegen?« – »Nee«, segg ik, »to'n Kinnerkriegen heff ik in'n Momang keen Tiet!«

Heiroden

Bit nu kunn en jo blots kirchlich heiroden! Nu gifft in Düütschland over ok een Paster, de will Ehepoore ok kirchlich wedder scheden! Jeede drütte Ehe warrt scheed, un nu meent he woll, dat he so sien Kark wedder vull kriggt!
... Ik meen, ik glööv, dat de Ehe an sik, dat sik dor wat an ännern mütt! Dat funktschioniert jo ok vörn un achtern nich mehr ... ›bis das der Tod Euch scheidet‹! Dat interessiert doch keeneen mehr. Dor is doch veel mehr de Froog, wat kann een prophylaktisch – vör een heiroden deit – al doon, dormit dat Scheden loter 'n beten wat eenfacher warrt!
Un nu heff ik mi mol Gedanken mookt! Wenn ik in'n Hotel bün – neh – denn hangt dor an'ne Dören jümmer so'n Zeddel ... dor musst du op ankrüzen, wat du fröhstücken wullt ... Koffie ode Tee, ode Kakao ... un wenn 'n Ei, wat för 'n Ei ... kookt Ei, ode 'n Spegelei, ode Röhrei ... un so schullen se dat man ok mit dat Heiroden moken ... denn gifft dat ...
De ›Pauschal-Heirood‹: dat is denn dat Modell

›Classic‹ ode ›Economy‹ för de, de meent, dat se sik ganz seker sünd. Dor blifft dat allens, as dat is … Mann heirood Fruu – Fruu heirood Mann … un wenn se sik scheden loot, kriegt se sik fix wat in de Wull.
Un denn gifft dat dat ›Individuelle Modell‹: för de ›Buisiness-Class‹ … dor kriggst du vör de Hochtiet so'n Formular to schickt – quasi statt Aufgebot – un dor müsst du den ankrüzen …
1. Name: beide nehmt ehrn Nomen, beide nehmt sien Nomen, se nimmt sien Nomen, he nimmt ehrn Nomen, se nehmt beide beide Nomen, beide nehmt de Nomen vun de Novers.
2. Kinder: he nimmt de Kinner, se nimmt de Kinner (wiel he hett jo al de Kinnerdeern), un nüms nimmt de Kinner.
3) Heiroots-Motto: ›Bis dass der Tod Euch scheidet‹, ›bis dass die Langeweile Euch scheidet‹ … naja, ode even ›Bis dass der Pastor Euch scheidet‹!
Villicht kunn een denn ok noch so lüttje ›Zusatzversicherung‹ mit inbuun – Ehetagegeld – för jeedeen Dag, den du in de Ehe översteihst, ohn di gegensiedich den Kopp intohaun!

De ›Albtraum‹ bi't Flegen

Ik sitt in'n Fleger vun Hamborg no München. Un ik mook mi Gedanken. Ode seggt wi mol, ik versöök mi Gedanken to moken. Blots, wenn dor so veel Minschen üm mi rüm sünd, denn geiht dat nich mehr. Un al gor nich, wenn ik in'ne ›Economy Class‹ ok noch in de Midd to sitten koom.

Neven mi wedder een vun düsse Sorte »Fliegen is ja so aufregend«. Dat sünd düsse Typen, de de ganze Tiet ut Finster kiekt. Egool, of dat al düster is, ode se direkt över de ›Tragfläche‹ sitten dot »is ja aufregend«. Bi jeedeen ›Klärwerk‹, wat se vun boven to sehn kriegt, fangt se an to grunzen.

Un links neven mi sitt dat Gegendeel. Sien Antoch in so'n frischet ›taubengrau‹, leest he dat ›Handelsblatt‹. Un de Typen sünd jüst so schlimm as de ›Finsterkiekers‹. Eerstan nervt he mi mit sien veel to groote Zeitung in den veel to lütten Fleger, un direkt achter den Start fallt sien Kopp – zack – no achtern weg un he fangt luut mit dat Schnorken an. Dorbi koomt sien Hann un de gröttste Deel vun sien Zeitung op mien Been to liggen. An düssen Dag weer dat sogoor so'n richtigen ›Entspannungskünstler‹. Een vun de Sorte, de den Mund bi't Schnorken so richtich wiet open hett. Un sien Kopp wackelt jümmer so ganz unkontrolleert hin un her un ik mütt jeedeen Momang dormit reken, dat sien Dötz op mien Schuller to liggen kummt.

De eenzigen dree Gedanken, de ik mi op düssen Flug överhaupt moken kunn, weern:

1: … blots nich to wiet no rechts kieken, dormit de Typ an't Finster nich noch op den Gedanken kummt to seggen: »ach, gucken Sie bloss mal – da! Wie schön – da! –... da … seh'n Sie? … da, schön ne?«

Un 2. … blots nich to wiet no links kieken, dormit mi düsse schnorkende un mit sien open Halslock meist ›grenzdebil‹ utsehn Geschäftsmann nich noch sien schlechten ›Businessatem‹ in't Gesicht puust.

Un 3. … froog ik mi, to wat för een Kategorie mag woll de Piloot höörn? Mehr so de grunzende »is das aufregend« vun rechts, ode mehr so de schnorkende »Vielflieger« vun links.

Karneval

Eenmol in't Johr – ne – dor frei ik mi mehr as sünst, dat ik ut'n Noorden koom! ... ut de ›KFZ‹, ut de Karnevalsfreiezone. Un ik denk oftins an de Tiet trüch, as ik noch op Sylt leevt heff. Un jeedeen Johr in'n Februar keemen de Karnevalsflüchtlinge ut Nordrheinwandalen op de Insel! As Flüchtlinge hebbt wi jem opnohmen, hebbt jem to Eten un to Drinken geven, dormit se in de Karnevalswirren to Huus nich ümkoomt!

Nu sitt ik annerdoogs op'n Rosenmondag op'n Flughoven un seh so'n poor Perser mit Antöög un Aktenkuffer in'n Fleger no Köln stiegen ... un nu heff ik överleggt, wo dat woll so is, wenn dor so'n Perser an'n Rosenmondag, wenn de in Köln ankummt! Un he weet vun nix wat af. Weer noch nich eenmol vörher in Düütschland! ... he kummt in Köln op'n Fughoven an un op eenmol kummt dor 'n frömde Fruu op em to un schnitt em sien düren Schlips af, un drückt em een op, un löppt weg! Un in de Stadt süht he man blots Lüüd, de suupt, singt un rümknuutscht. An statts Autos föhrt dor Treckers mit Anhängers op de Stroten,

op de Minschen stoht, de jem Bontschers un Blootwüst an'n Kopp schmiet. De U-Bohnschächte sünd dichtnogelt un de Schaufinsters verkleevt un verrammelt.
So, denn flüggt düsse Perser wedder no Huus! Un wenn em een froogt, of he al mol wat vun ›BSE‹ hóört hett, denn seggt he: jo, he weer mol in Düütschland ween, un dor harr he sehn, wat ›BSE‹ allns anrichten kann!
Ode ik stell mi dat ümgekehrt vör ... ik koom jichtenswo in China an, un denn kummt in so'n frömdet Land een frömden Mann op mi to, treckt mi de Büx dol, lacht sik een, schnitt mi de Riemens vun mien Hanntasch dör und löppt weg. Un ik weet vun nix wat af. Un in de Stadt schmiet se mi Litschis un backene Bananen an'n Kopp un versöökt mi ehre Stäbchen in de Nääs to steken ...
Ik bün, heff ik dat al seggt, an den Dag, wo ik op den Flughoven seet, no München flogen. Blots in München heet dat denn ›Altweiberfassnacht‹ ... un dat is doch schöön, ›Altweiberfassnacht‹, dat weer jo jüst mien Ding ... wat heff ik för'n Spooß hatt!

De Bohn is pleite

Dat heff ik mi dacht! De Bundesbohn is pleite! De ganzen Johrn heff ik mi dat al dacht!
Ik loot nu meist mien ganzet Geld bi de Bohn, ik föhr meist jeedeen Dag dormit! Un de Töög, mit de ik föhr, sünd ok jümmer vull, mit Lüüd, de ok meist ehr ganzet Geld bi de Bohn loot!
Un nu wüllt se ehrn Service instellen. Un dat warrt ok Tiet! Dat heff ik mi al lang dacht, de ›Service‹ runineert de Bohn! Dormit hebbt se sik gewaltich övernohmen – ik meen, dat fangt doch al bi de Klos an – de Klos: jümmer tipp topp! Egool of in 'n Tuch ode op 'n Bohnhoff, tipp topp reine Klos! Un denn de Waggons. Dor hebbt de extro 'n Ünnerscheed bi de Temperatur in de Waggons. Dor kannst' utsöken: richtich hitt un stickich (för all de, de wat länger op 'n Bohnstieg töövt hebbt wiel de Tuch mol wedder veel to loot komen is), ode richtich schöön koolt (för de, de för wiss wook blieven mööt). De hebbt sik dor örnich wat bi dacht!
Un ehre Münzsprechapperoote – düsse Telefone – de stellt se mannigmol extro af, dat dor nich jeed-

een loslöppt un egoolweg telefoneert, as he jüst will! Dorför sünd de Dinger ok nich dacht!
Un överhaupt, de ganze ›Atmosphäre‹ in so 'n Tuch. Wenn ik mol wedder so'n schöönen Platz afkregen heff, so een op'n Gang, stoh ik för jeedeen, de an mi vörbi will, kört op un lach em nett in't Gesicht. Ode de Bundeswehrsuldoten, wenn de di ehrn schworen Rucksack so richtich dör 't Gesicht trecken dot – de seggt jo sofort ›Entschülligung‹ un mannigmol froogt se mi ok, of ik ok 'n Beer mag?
Un dat Düerste is jo wull för de Bohn de ›Durchsageservice‹! Jümmer schöön luut – kummt toeerst de ›Zugchef‹: »Guten Tag, mein Name ist Herbert Meier zu Gries, ich bin Ihr Zugchef und begrüße die Zugestiegenen Fahrgäste im Intercity ›Winfried von Wellenrieters‹ ...«
Un dormit ik nich wegdöös kummt den glieks achteran de ›Zugbegleiter‹: Guten Tag, mein Name ist Werner Schnackenfredberg, ich bin Ihr Zugbegleiter heute im Intercity ›Winfried von Wellenrieters‹ ...«.
Un wat 'n Glück, denn kummt noch de ›Stellvertretende Zugchef‹ Gerhard Schimmelmeier mit sien Schnack. Un denn ok noch de ›Bordrestaurantchef‹ Johannis Kirchberger, de mi geern in sien Bordrestaurant begröten will. So, un nu tööv ik dor op, dat sik villicht ›Winfried von Wellenrieters‹ ok noch mol persöönlich mellt ...

oplest heet düsse Tuch jo no em … deit he over nich!
As ik jüst wedder an't Wegdösen bün, mellt sik over, wat 'n Glück, de niege ›Zugchef‹. Sien Noom heff ik vergeten, over dat IC-Team hett wesselt, seggt he, un vertellt he uns noch, dat de Tuch (in den wi al siet veer Stünnen sitt) »Winfried Wellenrieters« heet un dat sik de Rest vun dat niege Team ok glieks noch bi uns' mellt.
»Guten Tag«, segg ik to mien gegenöver, »mein Name ist Ina Müller, ich bin Ihre Mitreisende, und ich freue mich, Ihnen im Intercity ›Winfried von Wellenrieter‹ gegenüber sitzen zu dürfen!«

Berlin!

Ik bün in Berlin – veer Weken in Berlin – veer Weken in unse Hauptstadt! … Un de is – finn ik – to Hauptsook luut!
Ik meen – jeede annere Stadt is ok luut – over Berlin is noch luuder. Villicht mütt dat ok so ween. Ik weet dat nich, so'n Hauptstadt mütt jo luuder ween as all de annern Städte. Luut – groot – un grau!
Dat hett mi de eersten Doog ok nix utmookt, blots ik müss man jümmer an dat Leed denken, wo se jümmer singt: »Das ist die Berliner Luft-Luft-Luft – Die mit dem besonderen Duft-Duft-Duft« – bit mi opfullen is, dat düsse besünnere »Berliner Luft« doch meistdeels ut de veel to luuden Esspressomoschinen kummt. Wenn se Melk hitt mookt. Un ut de Busse, wenn de de Druckluftbremsen jüst an de Ampel entlüften dot, wo ik stoh. Ode eenfach blots ut all de dusend Pressluft-hommers, de dor an jeede Eck to höörn sünd!
Nu reimt sik op Luft jo Duft ganz goot, over op Berlin … dor reimt sik eegentlich blots Urin ode Benzin. Un nu warrt mi ok bilütten klor, ut wat

för een Not so ›Stadthymnen‹ eegentlich oftins entstoht!
Nu lees ik annerdoogs ok noch, dat Berlin man blots op Platz 8 vun de ›Wohnbeliebtheitsskala‹ liggt … un … meist nich to glöven, over wohr … noch achter Essen un sogoor – un nu kummt dat ganz dick – noch achter Darmstadt! … Berlin achter Darmstadt … dat is hart!
So, un güstern dor weer dat so wiet. Mi worr dat allns to veel. Ik wull los un 'n Platz söken, wonem en eenfach mol keen eenzigen ›Verbrennungsmotor‹ mehr höörn kunn. Veer Stünnen bün ik dör Berlin föhrt – krüüz un quer – bit ik 'n Platz funnen harr! Dat weer dor so ruhich, ik heff richtich de Ogen dicht mookt un jüst noch dacht: Minsch, düssen Platz, den schullen se man den »Platz der himmlischen Ruhe« nömen. Jüst in den Momang flüggt doch so'n dicken Jumbo direktemang över mi weg! Ik weet nich, villicht liggt dat ok mehr an mi, as an Berlin. Mi is opfullen, je öller ik warr, je dicker warrt mien Moors un je dünner warrt mien Nerven!

Multikulti

Ik sitt in'n Tuch in den Spieswogen. Un ik bün glücklich!
Woso? Blots so!
Dat is Sünndag Morgen, de Sünn schient, ik bün op'n Weg no Huus un vör mi steiht 'n groten Beker Mitropa-Koffie!
De Lüüd üm mi rüm sünd nett, schnackt nich to luut, un noch bölkt hier nüms in sien Händi.
Un wiel ik genau weet, dat sik dat ok ganz gau wedder ännern kann, bün ik mol even gau glücklich ... so lang as dat duurt!
Ok mag ik an düssen Morgen dat ›Multikultige‹ hier in'n Tuch!
An'n Nevendisch sitt 'n Oma ut de Schweiz, de sik mit 'n farbigen Mann ut Ghana ünnerholen deit!
De Mann ut Ghana leevt over al lang in Salzborg un is dor Urologe, un ik glööv, de Oma is ok jüst mol glücklich, so as ik ... wiel se den Unkel Dokter ehre ganze Krankengeschicht vertellen kann. Jo, dink ik, come together!

De Kellner in den Spieswogen is Türke, un as de Mann ut Ghana mit sien Akzent bi em ’n ›Apfelschorle‹ bestellen deit, seggt de türkische Kellner mit sien Akzent: »Sie meinen ›ApfelSAFTschorle‹!« … de Mann ut Ghana dä mi so leed!
Ik froog mi, wo schwor dat woll för beide ween is, dat Woort ›Apfelsaftschorle‹ överhaupt to lehrn, un wo dat woll op russisch heet. Un ik arger mi, dat ik nie nich in mien Leven mol mit ’n Italiener ode ’n Spanier tohoop ween bün. Denn kunn ik vendoog in’n Urlaub mol even ’n ›Apfelsaftschorle‹ op spanisch bestellen un müss nich jümmer ›aqua con gas‹ supen.
Vör mi liggt de Sünndagszeitung, un de grote Överschrift heet: »Die Bayern standen 1 a in der Abwehr!«
Dat is lustich un mien ›Multikulti‹-geföhl stiggt noch wat mehr. Wiel ›Die Bayern‹ nich, dat sünd doch eegentlich twee Franzosen, een Ghanaer, een Kroate un noch verscheden anner Nationalitäten!
’n junge sympatische Schaffnerin, de glööv ik ’n polnischen Akzent hett, froogt den türkischen Kellner, of he mol gau mitkomen kann. Dor sitt ’n Landsmann vun em in’n Tuch un de harr blots ’n ›Wochenendticket‹, un dat gellt nich in den ICE!

»Oh«, segg ik, »of he vörher noch gau afkasseern kann?«
»Gerne«, seggt he, »macht 8,40!«
»Oh«, segg ik, »he meent woll 8 EURO 40 CENT.« – Ik geev em 10 un segg: »stimmt so!«

Frühlingsgefühle

Ik heff mi annerdoogs, as mi so de eersten warmen Sünnenstrohlen in't Gesicht schien dään, mol den Sposs mookt un nokeken, wat de ›wissenschaftliche Lektüre‹ eegentlich so över ›Frühlingsgefühle‹ seggt! Of eegentlich ›Frühlingsgefühle‹ överhaupt al mol vun de Wissenschaft nowiest worrn sünd!
Un dat, wat ik dor funnen heff, hett mi richtich nodenkern mookt. ›Frühlingsgefühle‹ bi 'n Minschen, steiht dor, de gifft dat gor nich! Allns Quatsch, meent se! De Hormonforschers seggt sogor, ›Frühlingsgefühle‹ hebbt blots Tiern. Un ok blots de, de mit ehre Jungen 'n körte Tragetiet hebbt. Een mutt dorto over seggen, dat de Wissenschaft, wenn se över ›Frühlingsgefühle‹ schnackt, jümmer blots över de Hormonutschüttung, ode beter seggt över den Testosteronspegel bi'n Männchen schnackt, un nich över piepende Vögels ode Blomen, de blöht.
Wiel nu de Natuur jo nich blööd is, hett de dat so inricht, dat allns Lebennige ehre Jungen an'n besten in'n Sommer kriggt, loogisch, wiel in'n Som-

mer de Chance grötter is, dat de Lütten ok överleven dot. Un dorüm is dat so, dat eegentlich blots Tiern, de so bi dree Moond dregen dot överhaupt ›Frühlingsgefühle‹ hebbt.
De Minsch bruukt over jo negen Moond to't Utdregen, dat heet, de Natuur pumpt dat minschliche Männchen nich in't Fröhjohr dorför over in Harvst örnich mit Testosteron vull. So, un dor bitt sik de Natuur nu wull sülvst in'n Steert. Wo heet dat doch so schööön: kole Fööt un noorden Wind, gifft 'n krusen Büddel un 'n lütten Pint. Dat heet, uns arme Männchen sünd in'n Harvst bit boven hin vull mit Hormone, markt dat over gor nich, ode seggt wi mol so, se markt dat nich dor, wo se dat marken schüllt!
Un wenn ik dor an dinken do, wo veele Gedichten un Leeder in'ne lesten poor hunnert Johrn alleen över ›Frühlingsgefühle‹ schreven un sungen worrn sünd: ›Veronika, der Lenz is da …‹ … ne? Dor müss Veronika doch denn eegentlich op seggen: ›Ey, is mi doch egool, mell du di man in'n Harvst mol wedder!‹
Un annersrüm is dat meist noch wat schlimme. Wi singt un singt un singt över dat Fröhjohr … un de eenzigen, de würlich ›Frühlingsgefühle‹ hebbt, sünd an Enn man blots de ›Meerschweinchen‹.

Allns logen!

Nee, dat glööv ik jo nich! Hier steiht dat swatt op witt in'ne Zeitung. De Minsch lücht an'n Dag in'n Dörsnitt 200 mol! Dat haut mi üm!
Dat heet doch eegentlich, dat dat ganze Leven blots ut Schlopen, Eten un Lögen besteiht! To wat anners kummst' jo gor nich! Wenn du 200 mol an'n Dag legen schallst ... dor kummst' to nix anners mehr!
Wenn se nu seggt harrn, de Minsch mütt 200 mol an'n Dag op wat töven. Dat harr ik glöövt. Ik bring dat halve Leven dormit to, mit dat Töven op wat. Töven, dat wat anfangt ode dat wat ophöört. Over 200 mol lögen? Eerstmol bliev ik ganz ruhich sitten un tell mol so luut vör mi hin, of dat hinkomen kann. Un ik kann moken, wat ik will, ik koom nich op 200. Ik koom nich mol op 100.
Ik harr jo nich mol dacht, dat ik an'n Dag överhaupt 200 Sätze seggen do! Mien Fründ fangt luut an to lachen! Naja, segg ik, over he t.B., he seggt doch keen 200 Sätze an'n Dag. Un dat, wat he seggt, dat mütt ik em ok noch all ut de Nääs trekken.

Un wenn de Minsch so veel legen deit, denn warrt he jo woll ok, logisch, den ganzen Dag wedder anlogen. De Postbüdeel klingelt ... »guten Morgen« seggt he ... ach, denk ik, hool du doch dien Boort, dat meenst du doch gor nich so, dat is di doch egool, of ik 'n goden Morgen heff! Bovenop liggt 'n Breef vun de Klassenlotterie ... »jetzt werden Sie Millionär« steiht dor in dicke Bookstoven op – zack – dat is doch ok wedder logen! As dat Telefon bimmelt, springt de Anrufbeantworter an ... »im Moment bin ich leider nicht da« ... wat is dat denn nu? Wenn ik dor nu nich ran goh? 'n ›indirekte Lüge‹, ode wat?
Un wiel ik keen Tiet heff, dat to Enn to Denken, loop ik gau hin un nehm den Hörer af. Regina is dor an, se froogt, woso ik güstern nich op ehrn Burtsdag ween bün? Eegentlich müss ik nu seggen, ik harr keen Lüst hatt! Ik segg over, wat ik jümmer segg: »Du, mi güng dat güstern nich so goot!« Un so treckt sik dat dör den Dag. Ovends Klock negen höör ik op mit dat Tellen! Ik heff bit dorhin jüst 44 mol logen! Is dat nich schöön? Denn dröff ik Morgen 356 mol!

Fruunslüüd bi de Bundeswehr

Ik weet noch, as ik noch 'n Kind weer, dor wüss ik jümmer nich, of ik lever 'n Jung ode lever 'n Deern ween wull. Ik harr mitkregen, dat en as Fruu jichtenswann 'n Kind kriegen müss, un as Mann dor müss en jichtenswann no de Bundeswehr hin. Beides funn ik ganz schrecklich un dat hett mi richtich bang mookt. De Vörstellung, dor wasst di wat in'n Buuk, wat jümmer dicker un dicker un dicker warrt, un du weest genau jichtenswann mütt dat dor ok wedder rut. Ode de Vörstellung, du muss mit so 'n Twieg op'n Kopp dör'n Matsch robben, dröffst di bi't Scheeten nich de Ohrn to holen un muss ok noch bi Nacht buten schlopen. Vör all dat harr ik richtich bammel, dat ik domols opleevst gor nich öller warn wull.

Nu hett sik dat över de Johrn jo all so'n lütt beten wat relativeert ... nich dat mit dat Kinnerkriegen, over dat mit de Bundeswehr. Nu kannst' di jo utsöken, of du dor hin wullt ode nich! Un dat sogor as Fruu. Un dat Ding is, de goht dor sogor hin. Is dat nich witzich?

Wat meent ji wull, wat dor in'ne Kaseern nu so afgeiht. Ik segh de Fruuns dor al jeedeen Morgen stünnenlang vör'n Spegel stohn, un sik de frisch afplückten Twiegen op'n Helm trechtzuppeln. »Oh ..., Deiner ist viel schöner als meiner. Wo hast Du den gepflückt?« Ode dat Gejaul, wenn se vun de Tarnfarv wedder Pickel kriegt. Op de anner Siet gifft dat denn over ok 'n ganz niegen Markt ... ik segh dat al so richtich vör mi: ›Manövercreme: Nachtcreme für sie für draussen, Antifaltencreme für sie für drinnen, hypoallergene Tarnfarbe auf Gelbasis, wasserfeste Wimperntusche in olivgrün. Waffenöl: jetzt mit Duftstoffzusatz‹. Ode ›Echthaarhelme, jetzt in allen Farben die neuesten Tarndessous‹.

Un denn gifft' wist ok bald de eersten ›Frauenzeitschriften‹: ›Du und Dein Wehrdienst‹, ›Abnehmen bei der Bundeswehr‹, ›Kasernen im Test: wo sind die hübschesten Soldaten stationiert‹.

Over, an'n meisten freu ik mi dor op, wenn so de erste Fruu Feldwebel vör de Mannslüüd steiht un jem so richtich anböölkt: ›Im Gleichschritt maaaarsch – ihr Säcke – aber zack, zack!‹ – Och, wenn ik dor so över nodinken do, nee, denn ... also villicht goh ik dor doch noch hin. Un ik as Fruu Oberfeldwebel ... Im Gleichschritt ... maaaarsch!

Jümmer mehr Geheemtohlen!

Je öller ik warr, je mehr schall ik mi marken! Weer dat fröher man jüst mien Postleittohl, mien Huusnummer un de Telefonnummer, de ik in'n Kopp hebben müss, keem dor al gau 'n Fax-Nummer dorto, denn de eerste Konto-Nummer, denn de Scheckkort mit de Geheemtohl ... un de kunn ik mi ganz goot marken. Dat weer ›Papas Burtsdag plus 2 Johr‹! Den Zeddel mit de Geheemtohl an'n besten in'n Mund steken un doolschlucken, seggt de Mann vun de Bank domols to mi!

Denn an mien Rad dat Slott mit de Tohlenkombinatschoon. Dor nehm ik Mamas Burtsdag! Denn dat eerste Händi mit 'n ›Pin-Code‹, un dor worr dat al wat schworer. 1875! So, wo schull ik mi dat nu marken? Achteihnhunnertfiefunsöbentig ... keen Kriegsenn, keen Kriegsanfang, nüms dootbleven, den en kennt, keen Burtsdag ... den Zeddel mit den ›Pin-Code‹ an'n besten in'n Mund steken un doolschlucken, seggt de Mann, de mi dat Händi verköfft hett!

De spinnt woll! Ik kann mi doch nich all de Zed-

del mit de Nummern in'n Hals steken un doolschlucken!
Ik harr 'n Idee. Ik heff eenfach 'n lütten Geheemkuffer köfft, mit ›Tohlenslott‹ ... dor keemen nu all de ›Geheemnummern‹ rin: de Afhörcode för mien ›Anrufbeantworter‹, mien Versekerungsnummern usw.!
Denn keem de eerste Computer. Passwoort hier Passwoort dor, un all dree Weken schall een so'n Passwoort ännern! Wegen de Sekerheit! De Bank hett mi nu föfftig Geheem-Codes schickt för't ›Homebanking‹. De mütt ik mi twors nich all marken, de dröff ik blots nich dörnanner kriegen! So as güstern, as ik an'n Geldautomoten dreemol ›Papas Burtsdag plus 2 Doog‹ dorto statts ›2 Johr‹ dorto ingeven heff. Jümmer wedder, bit dat Ding de Kort nich wedder rutgeev ... ›an'n besten binnen beholen un doolschlucken‹ segg ik to den Automoten!
Ik koom dor jo man blots op, wiel ik güstern vör mien lütten Geheemkuffer seet, den mit dat Tohlenslott. Dor harr ik domols Uwes Burtsdag ingeven. Blots mit Uwe bün ik al siet veer Johr nich mehr tohoop ... un nu froog mi blots nich, wonehr de nu noch Burtsdag harr!